Gen Urobuchi
虛淵玄
(Nitroplus)
黑暗的胎動
Fate/Zero
5
Illustration
武內崇・TYPE-MOON

Cover Illustration/ Takashi Takeuchi (TYPE-MOON)
Coloring/ Shimokoshi (TYPE-MOON)
ACT Illustrations/ Shimokoshi (TYPE-MOON)
Logo design/ yoshiyuki (Nitroplus)
Design/ Veia
Font Direction/ Shinichi Konno (TOPPAN printing Co.,Ltd)

Fate/Zero 5

フェイト／ゼロ

黑暗的胎動

In the battleground, there is no place for hope. What lies there is just cold despair
and a sin called victory, built on the pain of the defeated.
The world as is, the human nature as always, it is impossible to eliminate the battles. In the end,
killing is necessary evil-and if so, it is best to end them in the best efficiency and at the least cost,
least time. Call it not foul nor nasty. Justice cannot save the world. It is useless.

衛宮切嗣
艾因茲柏恩家所雇用的「魔術師殺手」

言峰綺禮
獵殺異端的聖堂教會代行者

遠坂時臣
魔術師望族遠坂家現任家主，以到達「根源」為畢生夙願

間桐雁夜
放棄家主繼承權而逃離間桐家的男人

愛莉斯菲爾・馮・艾因茲柏恩（Irisviel von Einzbern）
艾因茲柏恩家煉製的人造人，切嗣的髮妻

韋伯・費爾維特（Waver Velvet）
隸屬於「時鐘塔」的見習魔術師，奪取導師的聖遺物挑戰聖杯戰爭

Saber
騎士王。真實身分是亞瑟・潘德拉剛（Arthur Pendragon）

Archer
英雄王。人類史上最古老的英靈・基爾加梅修（Gilgamesh）在現實世界降臨的形體

Rider
征服王。在古代世界獨霸一方，古馬其頓王國的伊斯坎達爾王（Iskandar），期望能目睹「世界盡頭之海」（Okeanos）

Berserker
「狂暴化」的神祕英靈。

ACT.12

-65 : 49 : 08

間桐雁夜身處在漆黑的夢境當中。
什麼都看不見，什麼都聽不到。
只有肌膚感覺到密度極高的黑暗所形成的重量。
這裡是哪裡——就在他這麼問道的時候，他突然察覺——
這兒哪裡都不是，而是某人的內部。
所以間桐雁夜對著黑暗問道——你是誰？
沉重無比的黑暗壓力發出隆隆悶響，如同風嘯低吼，裂地沉鳴。
『我乃是——
為人厭憎者——
為人嘲諷者——
為人輕蔑者——』
黑暗中有一道特別濃密厚重的渦狀黑影簌簌蠢動，化成人型。
隱沒在黑暗中的鎧甲與面罩，還有一對比黑暗更讓人感到恐懼，發出炯炯精光的眼眸。

Berserker——這是間桐雁夜心中詛咒的具體形象。不，這是他的憎恨由時空彼端召喚來的從靈。

『吾名不值讚歌之傳頌——

吾身不值眾人之景仰——

我乃是英靈光輝所誕生的影子——

光榮傳說背後衍生的黑暗——』

充滿仇怨的悲聲彷彿是地底下竄出的瘴氣，從四面八方籠罩雁夜。

這恐怖的光景讓雁夜忍不住想要移開視線，這時候突然有一隻冰冷的鋼鐵籠手向他伸過來，緊緊抓住雁夜的衣領。

雁夜瘦弱無力的身軀就這樣被吊上半空中，固定在 Berserker 的眼前——只能直視那雙瘋狂眼神的位置。

『因此——

我憎恨一切——

我怨懟一切——

我以所有沉沒於黑暗之人的哀號為食，詛咒那些光輝燦爛的人——』

「……」

雁夜發出痛苦呻吟，抵抗那隻狠狠緊扣自己喉頭的籠手。在他的視線當中，又有不同的光景朦朦朧朧地出現在眼前。

有一口閃耀的光之劍，還有一名握著劍柄的俊美年輕戰士。

雁夜見過那個人，他就是艾因茲柏恩家率領的劍士從靈──

『那名貴人就是我的恥辱──

因其榮耀永垂不朽，我也永遠受人蔑視──』

黑衣騎士的頭盔碎裂。

露出的面容還是被抹成一團漆黑，但是雁夜可以清楚看見在那雙燃燒如烈火般的眼眸之下露出一口因為飢餓而打顫的亂齒。

『你就是祭品──』

Berserker 冷酷地說完後，用一股雁夜無法抗拒的強悍力道把他抱過來，一嘴尖銳的利牙咬破雁夜的頸動脈。

雁夜痛得大聲哀號。

但是瘋狂的黑騎士絲毫不理會雁夜淒厲的慘叫聲，啜飲雁夜咽喉溢出的血沫，咕嚕咕嚕地吞嚥下肚。

『來吧，再多給我一些——
你的生命、你的血肉——
為了驅動我的憎恨——！』

不要……
放過我……
救救我！
就算雁夜用盡所有話語討饒求救，但是在這片黑暗中怎麼可能會有救贖呢。
血流被無情地吸走。
雁夜眼前一陣紅光閃爍，思緒被痛苦與恐懼打亂，逐漸失去脈絡。
即使如此，雁夜在最後還是擠出他所有力氣再一次嘶聲吶喊。

×　×

——雁夜慘叫著醒過來，但是眼前仍然是一片漆黑。
雖然伸手不見五指，但是周圍寒冷的潮溼空氣、酸腐的臭味以及成千上萬隻蟲子到處爬動的噁心聲音，所有的一切在在告訴雁夜這是真正的現實世界。

「……」

對間桐雁夜來說，剛才的惡夢與現在的現實究竟哪一邊才是比較美好的世界呢──

或許惡夢世界反而比較幸福吧，至少他不會意識到這身瀕死的臭皮囊。

雁夜受到烈火焚身，從屋頂上墜樓。光憑他的記憶實在不明白究竟是什麼奇蹟救了自己，讓自己像這樣再次活著回到間桐家的地下蟲倉。

雖然手腳幾乎沒了知覺，但是雁夜知道自己被手銬銬著，吊在牆壁上。因為無法用雙腳站立，雙肩承受全身懸空的重量，痛得幾乎脫臼。但是和蟲子爬滿全身的搔癢感比起來，就連這種疼痛都還算小意思。

蟲群用口顎把燒焦的皮膚咬除，露出底下粉紅色的新皮。不曉得為什麼，他身上的燒傷似乎正在痊癒當中。

這可能是刻印蟲想要讓雁夜這個溫床盡量活久一點而產生的作用吧。但這都是沒用的，就算勉強動用魔力讓皮膚再生，雁夜體內所剩無幾的生命力也已經將近枯竭了。光只是輕輕地吸吐空氣都能讓雁夜清楚感覺到身體正逐漸磨耗殆盡。

再過不久，自己就要死了──

就在雁夜心中浮出這絕望念頭的同時，在他腦海裡想到的是葵與櫻的面容。

雁夜發誓用自己的生命為代價拯救她們……結果卻是一事無成。這份失落感與羞愧緊緊揪住雁夜的心，遠比肉體所受的痛楚更加劇烈。

回憶起所愛的人們之後，接著他想起遠坂時臣自信從容的表情與間桐臟硯的大笑聲，把他的內心抹成一片漆黑。

「該死……」

雁夜使出所有的力氣從乾渴的喉頭深處擠出咒罵聲。

「該死……該死……該死」

嗚咽的呻吟被後來傳出的愉快低笑聲蓋過。

一個年老又矮小的人拄著拐杖，一邊驅開腳邊的蟲子一邊緩緩朝雁夜走過來。那人不是別人，正是雁夜咒罵的對象，間桐臟硯本人。

「真是的。雁夜，看看你成了什麼樣子。」

老魔術師把手中拐杖的杖柄伸到雁夜的下顎，用力頂起他的臉龐。雁夜已經連臭罵臟硯的力氣都沒有，只能用還有視力的右眼懷著憎恨與殺意惡狠狠地死盯著對方。

「別搞錯了，我不是在責怪你。受了這麼重的傷，虧你還能拖著一條命回來——雁夜，雖然不知道是誰救了你，不過你在這場戰爭中的運氣似乎相當好啊。」

臟硯的心情大好，用喜悅的聲音安慰「兒子」——也因此他笑開懷的模樣看起來無比邪惡。

「已經有三名從靈消滅，還剩下四人。老實說，我沒想到你竟然能撐到現在。我在這場賭局中說不定抽到了一匹黑馬，也許不該隨隨便便放棄哪。」

臟硯說完之後閉上口，刻意賣了一段關子之後才繼續說道：

「或許這時候再增加一點籌碼也不錯。雁夜，我要把為了這重要時刻而密藏的王牌交給你。來吧——」

雁夜的喉頭受到杖柄一擠，忍不住開口咳嗽。就在他張口的那一瞬間，某樣東西像是老鼠一般靈巧地從臟硯的手杖爬上來，鑽進雁夜的口中。

「嘎、嗚……！」

驚駭與痛苦讓雁夜悶聲掙扎，想要把侵入體內的蟲子吐出來也已經來不及了。蟲子從喉嚨猛鑽進食道，終於進入雁夜痙攣的肚腹中。

過了不久——這次傳來一陣猛烈的灼熱感，就像是腹部裡有一把火燙的熨鐵插進體內，從雁夜的內側燒灼他的身軀。

「嗚啊啊啊啊……嘎啊啊啊!?」

滾燙的灼熱感痛得雁夜的身子劇烈扭動，強力的掙扎讓手銬的鎖鏈鏗鏘作響。他全身原本已經停頓的血液就像是發了瘋似地沸騰，心跳快到心臟幾乎破裂。

那是一塊濃縮的魔力團塊。雁夜體內所有的刻印蟲立刻恢復活力，重新開始活動。爬滿雁夜全身的擬似魔力迴路展開前所未有的強力運作，帶給雁夜有如扯斷四肢般的強烈劇痛——但是這也代表雁夜已經麻痺的手腳四肢又有了知覺。

看到「王牌」充分發揮了效果，臟硯高聲大笑。

「呵呵呵，效果非常好啊。

剛才讓你吞下去的淫蟲就是第一隻啜飲櫻的純潔的蟲子。在這一年之間日以繼夜慢慢吸取的少女精氣滋味如何，雁夜——真是精純的頂級魔力對吧？」

這種慘無人道的凌虐似乎讓老人的嗜虐心感到很滿足。老魔術師帶著滿臉笑容轉過身，就這麼踏著悠然步伐離開，走出蟲倉之前，臟硯的譏嘲還在不斷折磨雁夜的雙耳。

「去作戰吧，雁夜，盡量燃燒從櫻身上奪取的生命。如果像你這種廢物有能力辦到的話，就耗盡你所有的血肉去奪得聖杯吧！」

就在蟲倉大門傳出沉重的開閉聲之後，四周再度封閉在冰冷的黑暗與蟲子爬行嗚叫的噪音當中。

只有雁夜獨自一人壓低聲音抽抽噎噎地哭著。

-64:21:13

微暖的午後陽光一邊柔和地照在古舊倉庫的外牆上，一邊慢慢走過天空的正上方。但是倉庫中的空氣還是一樣沁涼靜謐，只有從小天窗中照進來些許微光，讓室內籠罩在有如夕陽時分的淡淡昏暗中。

Saber靠牆坐在地上，默默等待時刻到來。

愛莉斯菲爾仰躺在Saber身旁的魔法陣裡，雙手交疊在胸前，仍然昏睡不醒。自從早上把愛莉斯菲爾帶進這裡之後，Saber就一動也不動，一直看著她沉眠的臉龐。

昨天Saber和愛莉斯菲爾兩人一起畫的魔法陣究竟有沒有發揮功效？

愛莉斯菲爾說過，對她這種人造生命體來說在這個陣法中休息是她唯一的休養方式。兩人共同張設這道魔法陣的事情感覺好像已經是很遙遠的過去了。

事實上，昨天晚上真的是很漫長的一夜。

在眾人並肩作戰以及有人插手阻礙的混亂狀況之下，一陣惡戰之後終於打倒Caster。

接著是和Lancer那場以讓人痛心的方式了結的對決。

就在昨天一個晚上當中，聖杯戰爭有了很大的進展。有兩名從靈被淘汰，而Saber在這兩場戰鬥都扮演核心重要角色。

如果說Saber不覺得疲累的話那是騙人的，但是現在她更擔心愛莉斯菲爾的身體狀況。

昨天早上確實已經有一些徵狀發生，愛莉斯菲爾說那是人造生命體的構造性缺陷，但是Saber怎麼想都想不到昨天一天之中究竟有什麼原因讓她的狀況如此急轉直下。愛莉斯菲爾並沒有受傷，也沒有過度操勞。如果她是和Saber正式締結契約的召主，Saber連續戰鬥的疲勞或許會讓魔力供應量增加而造成沉重的負擔。但是現在承受這份負荷的是切嗣，而不是愛莉斯菲爾這位代理召主。

隨著午後時間流逝，由天窗射進來的一縷幽幽日光也愈來愈斜。

終於——身軀輕動的些微氣息讓靜止的空氣產生如同漣漪般震動。

Saber睜開雙眼，看見眼前的愛莉斯菲爾一邊發出難過的呻吟，一邊慢慢撐起上半身。

「……Saber……？」

愛莉斯菲爾慵懶地撥開掛在臉上的一綹銀髮，用朦朧不定的眼神看著在身旁守候的Saber。

「愛莉斯菲爾，身體感覺怎麼樣？」

「……嗯。好像已經沒事了。」

Saber幾乎就要這麼開口質問她『怎麼可能沒事』，但是仔細一看，愛莉斯菲爾的氣色和平時沒什麼兩樣，看起來很健康，一點都不像是剛剛還在昏睡不醒的人。

看她小小地打了一個呵欠的模樣，甚至就像是充分休息之後迎接一個清爽的早晨。

「呼——我好像讓妳操心了，對不起。」

「不、不會。如果妳真的沒事的話，那當然再好不過……可是……」

「嗯，我知道妳想說什麼，Saber。」

愛莉斯菲爾露出苦笑，用纖纖細指梳理秀麗的長髮，把身上有些凌亂的衣著一一整理好。

「到這裡之後我身上似乎發生了許多問題。雖然只要像這樣安靜休息就沒事……但是Saber，接下來我可能沒辦法繼續在妳身邊協助妳了。」

「愛莉斯菲爾……」

一反Saber的預料，沒想到愛莉斯菲爾竟然會這麼主動乾脆地說出這種話，反而讓Saber大感訝異。

「抱歉。妳可能覺得我很沒志氣，但是與其成為妳的絆腳石……」

「不，別這麼說。我覺得很高興看到妳願意好好保重身子。我還在想是不是又要想盡辦法說服妳不要勉強自己繼續打下去……」

Saber覺得有些不好意思，口中支吾其詞。愛莉斯菲爾對她露出自然的笑容。

「妳不用操這種心。因為我們人造生命體和人類不同，很清楚自己的身體構造。如果有一輛汽車明明已經都閃燈快要沒油了，卻硬是隱瞞不說的話，那才是真正的故障呢。」

「……」

這種比喻雖然確實但實在很不恰當，讓Saber心情沉重地閉上嘴，然後她以非常認真的眼神正視愛莉斯菲爾的臉龐。

「……愛莉斯菲爾，或許妳的確是人造人沒錯，但是我看待人造人就和一般人類一樣，絕對沒有什麼差別，所以也請妳不要刻意用這種自卑的口吻說話。」

被Saber這麼當面指點，這次輪到愛莉斯菲爾低下頭了。

「……妳人真好呢，Saber。」

「每個人只要認識妳這個人一定都會這麼想的。愛莉斯菲爾，妳的性格比一般人更有魅力。」

Saber說完，為了不讓對話內容太過沉重，又故意用開玩笑的口氣補充道：

「既然身為女性，身體當然會常有些不方便的狀況。妳好好休養，不用介意。」

聽Saber這麼一說，就連愛莉斯菲爾都不得不羞澀地露出苦笑了。

「這麼說的話妳也是女孩子啊，Saber——以前必須要一直裝扮成男性的時候一定……很不方便吧？」

「不，關於這個嘛——」

愛莉斯菲爾重新展露笑容讓Saber覺得很高興，口氣不由得也輕鬆了起來，繼續說道：

「妳可能不知道，我在生前一直受到某件寶具的保護。別說百病不侵，就連年紀增長都停止了。我的身體從來不曾有任何不方便。就算過了十年，外貌也還是妳現在看到的這副模樣。」

「……」

這時候Saber察覺愛莉斯菲爾又露出哀傷的表情，趕緊住口。

雖然她不知道這個平淡無奇的話題為什麼會讓對方不愉快，總之她只能猜測愛莉斯菲爾現在的心情不太好，不能隨隨便便和她開玩笑。

「——總而言之，愛莉斯菲爾，妳沒有什麼好擔心的。妳的支援的確對我非常有幫助，但是現在的敵人數量也已經所剩不多，就算只有我一個人，我也能繼續打下去。」

「……Saber，要是妳真的是『單獨一人』的話，我也不會這麼操心了。」

當Saber領會這句話背後隱含的意義時，她也同樣感到心情沉重，說不出話來。

沒錯，她並不是孤身一人。她以劍士從靈的身分締結契約的召主現在也還在同樣的戰場上。

「Saber……今後作戰的時候，妳還能把切嗣當作同伴嗎？」

騎士王無法馬上回答這個問題，光是看她這個反應就能清楚知道她心中感到多麼掙扎。

「……我認為如果其他召主全都只是想滿足自私的探索或欲望的話，聖杯應該要交到切嗣手上才正確。為了這個目的，我不介意成為協助他的武器。」

Saber壓低了聲音這麼說道，但是她還是隱藏不住心中的煩惱，雙眉緊蹙。

「——但是我希望成為『武器』戰鬥的只有我自己一個人就好，我已經無法再忍受切嗣用他的方式介入這場戰爭。」

每當Saber想起迪爾穆德的末路，她就覺得一陣悶痛緊緊揪著胸口。

就算她再怎麼了解切嗣是什麼樣的人，再怎麼想要退讓，但是那副光景已經遠遠超過她的容忍範圍。

「看來我今後只能打一場漂亮的戰鬥，讓切嗣明白就算召主不用弄髒手，身為從靈的我也可以贏得勝利。剩下的從靈還有三個人，就算站在我的立場，我也說什麼都不能輸給那些人。」

愛莉斯菲爾點頭，除了點頭之外她什麼也辦不到。Saber親眼看到切嗣卑劣的行為後仍然沒有喪失鬥志，光是這一點就讓愛莉斯菲爾覺得非常感激了。不過另一方面，雖然Saber到現在還期待切嗣對她有最低限度的信賴，但是愛莉斯菲爾明白這是不可能的。『騎士王』與『魔術師殺手』對「完全勝利」這句話的涵義認知實在相差太多。

憑著不屈不撓的鬥志，一再從逆境中站起來直到掌握勝利的意志力——

以及將所有造成敗北的可能性全數排除的縝密心思——

即使雙方都有同樣的目標，但是過程卻完全背道而馳。

「……對我來說，聖杯就像我自己一樣。因為打從一出生，我就一直保管著讓聖杯降臨的『容器』。」

Saber點頭回答愛莉斯菲爾。

「這我有聽說，妳是負責擔任『聖杯守護者』的角色。」

聽說歸聽說，以往Saber雖然一天二十四小時起居都與愛莉斯菲爾在一起，但是她卻不知道愛莉斯菲爾用什麼方式把『聖杯的容器』藏在什麼地方。既然雙方彼此信任，她也覺得沒必要刻意打聽。Saber 只要打贏所有戰鬥，再從愛莉斯菲爾的手上接過聖杯好了。

「……所以無論如何我都希望能夠由所愛的人收下我最重要的『寶物』。那就是我的丈夫，還有就是妳，Saber。」

Saber 毅然點頭回應愛莉斯菲爾這番如同祈願般的話語。

「我受到召喚之後就曾經發過誓，保護妳贏得最後的勝利。我一定會實現這句話。」

「……」

愛莉斯菲爾只能曖昧地微微一笑，點點頭。

她當然真心希望這位個性清廉方正的騎士王能夠與切嗣共享聖杯。

如果想要完成『初始三大家』當初的目的──「到達根源」的話，在打倒所有從靈之後就必須以令咒強迫 Saber 自盡，以七名英靈全數成為聖杯貢品的形式結束這場戰爭。但是愛莉斯菲爾與切嗣寄託於聖杯的願望並不是那麼遙不可及的事情。

終結所有鬥爭行為的「世界變革」聽起來好像是一種相當偉大的願望，但是這種心願還是不出「奇蹟」的範圍，實現這項願望所帶來的改變僅只限於「世界的內側」。就這一點來看，他們的願望與到達『根源之渦』那種企圖前往世界「外側」的挑戰比起來，實在簡單太多了。

如果只是希望在現世成就奇蹟的話，就不需要讓古代羽斯緹薩以自身為容器而形成的大聖杯完全甦醒。只要打倒六名敵對的從靈就能提供足夠的魔力實現切嗣與Saber兩人的願望。

在這場嚴苛的生存競賽當中，最讓愛莉斯菲爾操心的不是敵人有多強大，而是切嗣與Saber之間關係不睦。

這兩個人的生存方式與信念天差地遠，衝突在所難免。愛莉斯菲爾身處在他們兩人之間，很清楚自己的職責就是盡量緩和雙方的衝突。但是眼前的現實是接下來她已經無法繼續這項工作了。

因為愛莉斯菲爾的身體已經——

「嗯？我感覺到有人接近，愛莉斯菲爾。」

Saber的表情因為警戒心而轉為嚴肅。過不久之後，愛莉斯菲爾也經由張設在庭園內結界的反應探測到有人來訪。

「——不要緊，這股氣息是舞彌小姐。」

敲了倉庫門之後走進來的人的確是久宇舞彌本人。Saber看到那張冰冷的美貌一如往常面無表情，有些不悅地轉過頭去。舞彌槍殺毫無抵抗能力的Lancer召主與他的未婚妻，就算只是忠實執行切嗣的策略，Saber還是無法接受她的冷酷無情。

不曉得舞彌知不知道Saber內心的想法，她和平時一樣不打招呼也沒有寒暄，一開口就直接切入正題。

「遠坂時臣派來密使，他讓使魔帶來書信。夫人，信件是給您的。」

「密使？」

自從愛莉斯菲爾等人撤離之後，森林裡那棟城堡已經被切嗣改造成危險的陷阱屋，用來陷害其他進來的不知情召主。監視現場的任務交由舞彌的蝙蝠負責，聽舞彌說剛才有使魔帶著書信出現，而非魔術師本人。

「是一隻翡翠做成的鳥。聽切嗣說，那好像是遠坂的魔術師常用的傀儡。」

「根據我以前聽過的消息好像的確是這樣。那封信呢？」

「在這裡——」

愛莉斯菲爾接過舞彌遞出的信件，看了一遍。信件內容謙沖有禮而且沒有任何冗文，非常簡潔地告知事項。

「……意思就是說他想和我們聯手吧。」

愛莉斯菲爾冷哼一聲，語氣中微有嘲諷之意。一想到Archer的召主可能在打什麼主意，Saber的臉上同樣也充滿懷疑的神情。

「到現在還來談同盟嗎？」

「遠坂一定是不曉得該如何應付 Rider 和 Berserker，覺得很不放心吧。所以才來找看起來最好應付的我們——總之比起其他兩組，他最看不起我們。」

信中說如果有意回應的話，時臣今晚十二點會在冬木教會等候。

「聖堂教會的監督者從頭到尾都應該貫徹中立的立場，他竟然會允許這種會談。」

「關於這件事，聽說擔任監督者的神父已死，現在的聖杯戰爭好像沒有人監督了。」

聽見舞彌的說明，愛莉斯菲爾恍然大悟地點點頭。

「切嗣以前說過遠坂與教會有聯繫，這麼一來也有了確切的證據。一直與他們合作的監督者死了，情急之下開始籌思其他計策了吧。」

「……愛莉斯菲爾，對方是操縱 Archer 的魔術師，我認為他不值得信任。」

Saber 或許是回想起對那名黃金英靈的厭惡感了吧，她表情嚴肅地斷言道。

「現在我左手上的傷已經痊癒，狀況非常良好。就算不和他們結盟，單憑我一個人也一定可以打倒 Rider 和 Berserker，當然就連 Archer 也不例外。」

愛莉斯菲爾雖然點頭肯定 Saber 的積極鬥志，但是仍然抱著手腕凝神思索。

「Saber 說的是沒錯，但是我們還可以要求他們用不同的方式讓步。對方有而我們沒有的東西……比方說情報之類的。」

舞彌點頭附和愛莉斯菲爾的意見。

「的確。如果遠坂已經掌握 Rider 陣營的據點，那就值得想辦法打聽出來。」

「——現在還是找不到 Rider 的據點嗎？沒想到那樣一個小孩子竟然會讓切嗣花這麼大的工夫。」

「Rider 與他的召主經常使用高速飛行道具現身，所以沒辦法從地面上跟蹤。我的蝙蝠也完全跟不上他們的速度，追蹤行動總是以失敗收場。」

「……意思是說論藏身技巧，那孩子比艾梅羅伊爵士還要優秀嗎？」

「的確讓人很意外。我們監控冬木市所有魔術師可能設置工房的地點，但是只有 Rider 的召主完全不上鉤。」

就如同舞彌所說的一樣，眼前最讓切嗣感到頭疼的是如何找出韋伯・費爾維特的根據地。即便切嗣熟知魔術師所有伎倆，他又怎麼想得到竟然會有魔術師為了節省住宿費而寄住在毫無關係的民宅裡。

「但是遠坂家的魔術師就有可能掌握這項困難的情報嗎？」

Saber 到現在還是抱持懷疑的態度，舞彌點頭回答：

「遠坂時臣在這次聖杯戰爭相當初期的時候就已經開始進行周全的準備。監督者的事情就是很好的例子。而且——」

舞彌說到這裡停頓了一會兒，向愛莉斯菲爾看了一眼。默默聆聽的愛莉斯菲爾似乎也和舞彌想到同一件事。

「而且遠坂疑似在暗地裡指使 Assassin 的召主，如果他的立場能夠影響言峰綺禮的話，我認為他的邀約對我們有很重大的意義，不能輕忽。」

「言峰……？」

對 Saber 來說，這是她第一次聽到這個名字。但是只要一看愛莉斯菲爾與舞彌的表情那麼緊張，就可以輕易看出這個人物對她們來說有很重要的意義。

「Saber，妳要記著。」

愛莉斯菲爾對 Saber 說道，語氣不知不覺有些嚴肅。

「切嗣曾經親口這麼說過，在這次聖杯戰爭中如果有誰能夠打敗切嗣獲得聖杯的話……那個人一定就是這個叫做言峰綺禮的男人。打從聖杯戰爭一開始，他就把這個男人當作天敵，嚴加注意。」

愛莉斯菲爾與舞彌的語氣中沒有透露很多，但是 Saber 還是感覺得到她們對言峰綺禮知之甚詳，彷彿已經和他打過照面似的。

這時候 Saber 也突然想起在艾因茲柏恩森林之戰中，那個讓撤出城堡的愛莉斯菲爾與舞彌身受重傷的神祕襲擊者。

「接受他的邀約吧。」

愛莉斯菲爾語氣堅定地說道。

「要不要與他合作暫且不論，我們必須探探遠坂的底。今天晚上在冬木教會，就讓我們看一看他有多少能耐吧。」

Saber看愛莉斯菲爾意志這麼堅決，自己也就沒什麼意見了。而且她也很在意那個叫做言峰綺禮的人，能夠讓切嗣稱為天敵的人一定是一個必須特別注意的危險人物。

「——對了，Saber，我今天來也有事要找妳。」

聽舞彌突然開口叫自己，讓Saber覺得有些不解。

「找我？」

「是的。聽說妳已經相當熟悉如何操縱Mercedes，所以切嗣指示我幫妳準備更適合城市巷戰的移動工具。」

Saber聽到這句話，馬上露出興致勃勃的神情。

「那真是太好了。竟然有比『汽車』更適合作戰的機械，真是求之不得的支援戰力。」

「現在就停放在門外，請妳確認一下能不能派得上用場。」

「好的，我一定要好好看看。」

舞彌目送Saber踩著充滿期待的步伐走出倉庫。雖然和平時一樣繃著一張撲克臉，其實她在內心中也和一般人一樣對騎士王阿爾特利亞的存在感到驚訝而嘆了一口氣——平時的 Saber 怎麼看都只像是個有些成熟懂事的嬌小少女罷了，有誰會相信這樣一名小女孩竟然就是那個過去平定亂世的武勳聖王。

舞彌鮮少會對這種與任務無關的事情覺得感嘆，就在她更稀奇地正想要說幾句閒話的時候，有某個東西倒下的聲音嚇了她一跳。

舞彌回頭一看，剛才在魔法陣中撐起上半身坐著的愛莉斯菲爾又倒了下來。她的樣子看起來很不尋常，汗水像瀑布一樣從她蒼白的額頭上流下，苦悶的呼吸就像是風箱般急促。

「夫、夫人……妳怎麼了!?」

舞彌趕緊過去抱起愛莉斯菲爾，懷中的纖細身軀熱得超乎尋常。

「……Saber 她……沒有看見吧？」

愛莉斯菲爾開口問道，聲音聽起來雖然很不舒服但是卻不慌張。對於自己的身體突然發生異常，她似乎一點都不感到奇怪。

「夫人，妳的身體究竟是……」

「……呵，舞彌小姐……也會有慌張的……時候呢……看起來……有點可愛……」

「妳在說什麼傻話，現在不是開玩笑的時候。我馬上去叫 Saber 還有切嗣過來。請妳打起精神！」

愛莉斯菲爾伸出手，輕輕按住正要起身的舞彌肩膀。

「這不是什麼異常狀況。這是——既定會發生的事情。對我來說，到現在還能保持『人』的機能運作才是奇蹟般的幸運呢。」

舞彌察覺愛莉斯菲爾的話中有話，先讓自己鎮定下來。雖然還是很緊張，但是她已經逐漸回復平時的冷靜。

「……切嗣也知道這件事嗎？」

愛莉斯菲爾點點頭之後，又補充一句：

「但是……我不想……讓 Saber 知道。未來還有重要的戰鬥等著她……我不想……讓她多操心。」

舞彌深深嘆口氣之後，小心翼翼地讓愛莉斯菲爾躺回魔法陣中。她知道對於身為人造生命體的愛莉斯菲爾來說，這是最好的休息方式。

「……我是不是不要知道太多比較好？」

「……不，舞彌小姐。我反而希望把一切都告訴妳……可以嗎？」

舞彌點頭之後，先起身看看倉庫外頭，確認 Saber 不在院子之後輕輕把門關上，又回到愛莉斯菲爾的身邊。

「不要緊的。現在不會被 Saber 聽見。」

愛莉斯菲爾點點頭，讓紊亂的呼吸平靜下來之後，靜靜地開口說道：

「我是為了聖杯戰爭而設計的人造生命體……這件事妳應該也知道吧？」

「……是的。」

「聖杯守護者——我的使命就是保管以及搬運聖杯降靈時用來當作依附體的『容器』。事實上這種說法並不正確。

在上次的聖杯戰爭當中，亞哈特大老爺不僅在從靈戰落敗，最重要的是連聖杯的『容器』都在混戰中被破壞。因為在決定勝利者之前就已經喪失『容器』，所以第三次聖杯戰爭最終以無效收場。有了上次的反省經驗，大老爺決定在這次的『容器』上裝設具有自我管理能力的人型**外殼**。」

愛莉斯菲爾就好像在訴說一件於己無關的事情一樣，語氣十分平淡。是一種徹底的覺悟讓她用這種口氣描述自己的身體吧。

「那個外殼就是——我。為了將生存本能賦予『容器』本身，讓它自動迴避各種危險，完成成就聖杯的目的，大老爺在『容器』之外施加了一道名為『愛莉斯菲爾』的擬裝。」

「怎麼可能……那麼，妳……」

舞彌也並非鐵石心腸，這個驚人的事實讓她臉色大變。

「已經有三名從靈消滅，戰局終於也進入最終局面。隨著戰鬥的進行，我的體內為了回復原本『容器』的機能，逐漸開始壓迫多餘的外裝。今後我還會繼續捨棄人類的機能，恢復為原本的『物體』。接下來我就會無法活動，在那之後——舞彌小姐，我再也無法像這樣和妳說話了吧。」

「……」

舞彌咬著嘴唇沉默了好一陣子後，表情嚴肅地提出和剛才相同的問題。

「這些事情切嗣都知道嗎？他也知道妳現在是什麼狀況？」

「是的。所以他才會把 Saber 的劍鞘交給我……『脫俗絕世的理想鄉』……妳知道它的功效嗎？」

「我聽說是停止衰老與無限制的治療能力。」

「就是這種效果維持我這副外殼免於崩壞的……本來我早就已經不行了，但是現在還能繼續模仿人類過日子，原因就是因為有這件寶具……不過只要像現在這樣和 Saber 分開的話，馬上就會露出馬腳……」

愛莉斯菲爾連坐起身子都沒辦法，就像是躺在病榻上的絕症患者。她的模樣讓舞彌忍不住低下頭。

就連舞彌都不難想像要是Saber在場看到的話會有什麼反應。那位少女身為騎士的表率，比起自身受難，他人的苦痛更讓她覺得難受。如果Saber知道自己想要掌握的勝利是建立在愛莉斯菲爾的犧牲之上，舞彌很懷疑當她握劍時還能像之前那樣維持堅定的意志。

「……為什麼要把這些事情告訴我？」

愛莉斯菲爾露出安詳的微笑回答舞彌的疑問。

「久宇舞彌——因為我認為如果是妳，妳一定不會可憐我，絕對會認同我……」

「……」

舞彌看著她的笑容一言不發，然後靜靜頷首。

「夫人，我一直以為妳這位女性——是更遙不可及的存在。」

「妳現在知道……不是這樣了吧？」

「是的。」

舞彌態度堅定地點頭，認同愛莉斯菲爾。

正因為她是一個生來為人，卻以道具的身分活著的女性。

所以她才會認同這位生為道具，卻以人類身分活著的女性的最後結局。

「就算拚上這條命——愛莉斯菲爾，我也會保護妳到最後。所以請妳為衛宮切嗣而死，為了實現他的理想……」

「謝謝妳……」

愛莉斯菲爾伸出顫抖的手，握住舞彌的手。

-62:48:35

那雙從他胸口處抬頭仰望的黑色雙眸就像是一對晶亮的寶石。

沒錯——事實上正如字面上所形容的一樣。遠坂時臣的心中再次深刻體會，這名少女就是遠坂家族花了五個世代才終於獲得的至寶，有如奇蹟般珍貴的閃耀輝石（註1）。

遠坂凜。

臉龐雖然還年幼稚嫩，但是已經可以想見將來她一定會是相當出色的美女。與其說她長得像媽媽，倒不如說她有時臣母親年輕時候的影子。

時值黃昏時刻，夜晚的黑暗幾乎就要覆蓋四周。

時臣走訪妻子的娘家，也就是禪城家。但是他只站在門外，並不打算進門去。現在時臣的立場是爭奪聖杯的其中一名召主，置身於修羅戰場當中。時臣是為了保護妻女的安全才把她們送到禪城家，他絕對不能帶著一身血腥進去。

註1「輝石」日文發音同「奇蹟」。

父親沒有說明原因就把自己叫出來，凜仰望父親的表情難掩緊張。憑著直覺，她知道父親來訪不單單只是為了探望女兒，而是為了什麼重要的事情才來。

時臣以為戰爭結束之前他都不會和凜見面，但是昨天晚上言峰璃正神父的驟死卻動搖了他的決心。

老神父不但是時臣父親的好友，也是時臣的監護人。對時臣來說，與神父締結密約接受支援是他相信自己一定會獲得勝利的一大因素。

時臣當然不會因為頓失後盾而退縮，但是他確實感覺到自己原先自信到近乎傲慢的絕對勝利之路開始籠罩著一股「如果有什麼萬一」的不祥黑雲。

就像那位老練而堅強的神父倒下一樣——自己會不會也有可能壯志未酬身先死？

對時臣來說，昨天之前的聖杯戰爭就好比是賦予他勝利的儀式。

但是現在仰賴的夥伴已死，時臣此時重新體會到自己是以一名競爭者的身分投身於一場徘徊於生死邊境的戰鬥當中。

說不定……這會不會是他最後一次和凜交談？

對於這名年紀尚幼的少女，究竟應該告訴她什麼才好？

「……」

凜的神情緊張地看著默不作聲的父親，等待他開口。

時臣知道女兒對自己這個父親懷抱著敬意與憧憬。

此時此刻他對凜所說的每一句話一定會決定她的未來。

不對——未來早就已經決定好了，根本沒什麼好迷惑的。凜除了成為第六代家主繼承遠坂家門之外，沒有其他選擇。

仔細一想，或許這就是時臣對女兒懷有一絲歉疚的最根本原因。

時臣單膝跪地，彎下身子，把手放在凜的頭上——凜露出意外的表情，睜大了眼睛。

看到女兒這種反應，時臣這才想起來過去他從來不曾像這樣撫摸過女兒的頭。

也難怪凜會這麼驚訝。就算是時臣自己，在摸了女兒的頭之後才發覺自己不知道該用多大的力道來表達愛惜的感情。

「……凜，在妳長大成人之前要讓協會欠妳一份人情，之後的判斷就交給妳自己決定。如果是妳的話，就算只有自己一個人也可以處理得很妥當吧。」

本來還在猶豫到底該說什麼才好，但是一旦開了口，話語就接二連三自動湧出來。

如果考慮到「萬一」的話，要說的事情實在太多了。如何處理傳家之寶的寶石、來自大師父傳承的事情、地下工房的管理——時臣將這些事情擷取要點，逐一交代給專心聆聽的凜。

雖然時臣還沒有把身上的魔術刻印傳給凜，但是這些訓誡實際上已經等同指定凜為遠坂家的下任主人。

額外談談一件小事。

遠坂時臣絕對不是一名天才。

在歷代的遠坂家魔術師之中，他的資質反而算是比較平庸。

今天的時臣之所以能夠讓老練的魔術師另眼相看，原因是他一直忠實力行遠坂家的家訓。

無論何時何地都要保持舉止從容而優雅——

如果要求十分的結果，就要累積二十分的鍛鍊再進行。為了能夠優雅而從容地通過各種對自己的考驗，這就是時臣的做事方法。如果要找出時臣有哪一點比他人卓越的話，只能說時臣的強項就是他徹底自律以及克己的堅定意志吧。

身為師父同時也是時臣父親的前代遠坂家主也早已經預見如果兒子以魔導為目標的話，將會是一條相當險惡的路途。所以就在前代家主將魔術刻印傳給時臣的前一個晚上，他鄭重地再次詢問兒子，問他『是否要繼承家主』。

那只是一個類似某種儀式，空有形式的問題吧。身為家族的嫡子，時臣以往所受的教育都是要教導他成為未來的家主，而自幼在時臣心中培養起來的尊嚴也不允許他夢想有不同的人生。

即使如此——既然形式上「有此一問」，就代表時臣好歹曾經有「選擇的餘地」。現在回想起來，對時臣來說那可以說是身為前代家主的父親給他最大的禮物了。遠坂時臣是依照自我意志而步上魔導之途，絕不是因為受到命運的宰制。就是這份自覺給予時臣鋼鐵般的意志力。「這是我自己選擇的生命」——就是這種崇高的自傲從內心深處支持他撐過日後嚴苛修練的時光。

時臣深切地希望他也能將父親過去贈送的寶物再交給自己的兩個女兒。

但是這個願望無法實現。

凜與櫻打一開始就沒有選擇的餘地。

她們一個人是全元素、五重複合屬性；另一個人則是架空元素、虛數屬性。姐妹兩人生來都具備近乎奇蹟的稀有天資。這已經不只是天賦之材，幾乎可以說是一種詛咒了。

魔性將會喚來魔性。不管本人的意願如何，能力太過突出的人必然會「勾引」日常生活之外的物事。只有一種手段能夠對抗這種命運——也就是自己也脫離常理之外。

時臣的女兒們只能藉由主動領會魔導、學習魔導才能應付她們血統中的魔性。但是遠坂家卻只能給予姐妹其中一個人庇護，這項矛盾不曉得已經折磨了時臣多久，受到血統引誘而出現的各種怪異物事一定會對無法成為繼承者的那一方帶來無情的災厄。如果魔術協會發現這種「平民」的存在，他們一定會喜孜孜地將她用「保護」的名義作成標本，泡在福馬林藥水裡。

所以間桐家提出希望領取養女的要求當真有如上天賜予的恩惠。兩位心愛的女兒都可以繼承一流的魔導，各自得到能夠開拓自我人生的手段，不用屈服於血統的因果之下。那時候時臣幾乎等於卸下了做父親的重責大任。

但是事實上真是如此嗎——時臣愈是這麼捫心自問，就愈覺得心中苦悶。

凜的才華一定會引領她比時臣更輕易地學到魔導的奧祕。

但是比起自己主動選擇命運走上這條路，因為無法擺脫的宿命而不得不挑選這條既定之路是一件多麼痛苦的事情。

今後凜還要面對許許多多的考驗，如果時臣不給她任何指導，就這樣從她面前離去的話——這樣遠坂時臣還算是一位完美的父親嗎？

時臣再次將心中的思念傳達到撫摸著凜的手掌上，彷彿是要釐清內心的疑問一般。

凜任由那隻手掌在頭上摩娑，一雙黝黑明亮的瞳眸依然一動也不動地看著父親。

在她的眼中看不到一絲不安與迷惑。

「——啊啊，原來如此。」

這種無條件的尊崇與信賴終於讓時臣的內心找到答案。

這孩子不需要任何道歉的話語，也不用別人操心她的前途。身為將要離去的前任家主，他只有一句話還沒對高貴的遠坂家嫡子說。

「凜，聖杯總有一天會出現，得到聖杯就是遠坂家的義務。更重要的是如果身為魔術師，那更是一條無可避免的路。」

少女毫不猶豫地點頭，她的眼神讓時臣心中充滿驕傲。

就連從前他繼承家主之位的時候都沒感受過這麼充實的榮譽感。

「那麼我要走了。妳知道接下來該怎麼做吧。」

「知道——請您路上小心，父親。」

凜的語氣堅定而清朗。時臣點點頭，站起身子。

他的眼神往門內的宅邸送去，和站在窗邊看著這裡的葵四目相會。

妻子長久以來一直陪伴在他身邊，兩人彼此之間不需要任何話語就能傳達心意。

葵送過來的眼神充滿信賴與激勵。

時臣回視的眼神則帶著感謝與保證。

就這樣，時臣轉身背對妻子，頭也不回地離開禪城家。

迷惘的陰影是來自於缺乏從容氣度的心靈，毫無優雅可言。

時臣一直將家訓深深烙印在心中，而凜的眼神又讓自己重新深刻體會這句話。

如果有什麼事情讓他必須對愛女說抱歉……那就是自己落敗，到最後沒能讓聖杯實現宿願而一事無成地結束。

如果要在凜的面前當一位無愧於她的父親，遠坂時臣就必須是一名完美無缺的魔術師。

那麼——他一定要親手完成遠坂家的魔導。

成為一位有資格引領愛女，真正十全十美的父親。

時臣心中懷抱著嶄新的決心，踏上黃昏的歸途。

他將要再次回到冬木市，前往再過不久即將降臨的昏暗黑夜。

-54:06:21

關於這場冬木教會的深夜會談，遠坂時臣所提出的條件中當然表明了可列席的人數。

參加會談的有雙方的召主與從靈，另外還有一名陪同者。

對於無法單獨行動的愛莉斯菲爾而言，這當然是求之不得的大好條件。為了預防可能發生戰鬥，她不能麻煩Saber幫忙，如果舞彌也能在場的話會更讓她放心許多。

在同樣的條件下，遠坂陣營那邊除了Archer之外當然也會讓另一個人參加——時臣若無其事地引見他帶來的人物，看到那個人果然讓愛莉斯菲爾等人大為不快。

「請容我介紹。這位是言峰綺禮——我的直傳弟子，我們曾經一度是互相爭奪聖杯的對手，不過這已經是過去的事情，他很早以前就失去從靈，喪失召主的權限了。」

你想說的話就只有這些嗎？愛莉斯菲爾用嚴厲的眼神牽制時臣，但是時臣卻面不改色，似乎認為這樣的介紹就已經足夠，不再多說什麼。看來遠坂時臣相當看不起對手，要不然——他或許真的不知道愛莉斯菲爾等人與言峰綺禮之間的過節。

這很有可能。衛宮切嗣的嗅覺不可能對一個甘於當隻走狗的男人表現出如此強烈的警戒心，言峰綺禮應該很有可能違背遠坂時臣的指示，擅自行動。

綺禮的眉頭連皺都沒有皺一下，向兩人行了個注目禮。愛莉斯菲爾與舞彌兩人都用冰冷的眼神注視著他，沒想到時臣竟然在會議一開始就揭破他與綺禮的關係，使得她們不得不重新研擬會談中採用的戰略。

另一方面，Saber的視線則是緊盯著悠哉靠在時臣背後牆邊，有著一雙紅色眼眸的從靈。Archer今天晚上也和Saber一樣脫下戰袍，身穿這個時代的普通服飾。皮革與琺瑯色澤的衣著華麗到近乎搞怪的地步，但是這身打扮配上這名英靈強烈的存在感卻讓人覺得相當匹配。

Archer血紅色的雙眸肆無忌憚地流露出欲望，彷彿只用視線就已經脫光Saber的衣服，舔遍她全身柔滑的肌膚。Saber雖然有一股衝動想要立刻拔劍砍他，但是愛莉斯菲爾對今天晚上的會面也有她的想法，現在只能默默忍耐了。

「首先要歡迎幾位接受在下遠坂時臣的款待，在下不勝感激。」

時臣一派輕鬆自若，彬彬有禮地主持會議，不曉得有沒有察覺幾位女性的氣氛相當緊繃。

「這次的聖杯戰爭終於就要進入最後階段。依照往例，現在剩下來的有『初始三大家』還有一名外來魔術師——各位艾因茲柏恩的小姐們，請問妳們對目前的戰況有什麼看法？」

「沒什麼特別的想法。」

愛莉斯菲爾語氣冷冷地說完之後，又以高傲的態度補上一句：

「我們領有戰鬥力最強的 Saber，不需要偷偷摸摸地投機取巧，只要將我們應得的勝利一一納入手中就足夠了。」

「原來如此——」

對於對手語帶挑釁的回答，時臣輕笑一聲答道：

「那麼請容在下直言，說明我方的見解吧。此時暫且不提我們雙方的戰力分析，先來談談 Berserker 與 Rider。

站在我們的立場，我們當然希望最後只有『三大家』參與最終決戰，決定聖杯獎落誰家。不過遺憾的是間桐家這次戰略有誤，他們把負擔沉重的從靈交給衰弱的召主使用，結果落得逐步自我毀滅的下場，最後脫穎而出的恐怕會是 Rider 吧。說到那位英靈伊斯坎達爾的力量有多強大，相信各位都很清楚才對。」

此時時臣稍作停頓，注意愛莉斯菲爾的反應，見她沉默不語便開口繼續說下去。

「一個不知來歷的新人竟然想染指我們一千年來苦苦追尋的聖杯，對於艾因茲柏恩家來說，現今的局勢想必讓各位感到非常氣憤，妳說對嗎？」

「要說新人的話，我認為遠坂與間桐也是半斤八兩呢。」

要是在平常，愛莉斯菲爾不會用這種狂妄又放肆的語氣說話。但是今天晚上她選擇的作法是以強硬的態度徹底壓制時臣。一旦捨棄平時的和藹賢慧，露出冷傲的尖銳眼神，她的美貌就會流露出些許戾氣，展現出女皇般的氣派。

但是時臣也不是省油的燈，不會因為對手強勢就畏縮起來。他的臉上依然掛著和善的微笑，完全不為所動。

「艾因茲柏恩家最渴望的應該就是第三魔法能夠實現。在下遠坂時臣追求『根源』，只要把聖杯託付給在下的話，應該也不違艾因茲柏恩的本意才是。」

愛莉斯菲爾聞言，對時臣露出鄙視的冷笑。

「遠坂家這麼想從我們的手中奪走聖杯，甚至不惜低聲下氣求人嗎？」

「哼……這種解釋真讓人懷疑聽者的品格。也罷，現在的問題是對聖杯沒有真正了解的人已經逐漸打進最後一戰。聖杯絕對不能落到這種外人的手上——這一點應該是我們雙方都有的共識。」

愛莉斯菲爾終於了解，重點是時臣最擔心的就只有 Rider 的威脅。

只要看清對方的目的所在，接下來差不多該輪到己方出招了。

「艾因茲柏恩家本來就不打算與其他家族來往，更別談要攜手結盟——但是如果你希望我們對敵對者排出先後順序的話，只要你拿出足夠的誠意，倒也不是不能斟酌斟酌。」

「……妳的意思是？」

「等到打倒其他召主之後再來對付遠坂家——如果是這種約定的話，我們也可以考慮接受。」

聽見愛莉斯菲爾語帶保留的說法，時臣冷冷地點頭。

「附帶條件的休戰約定嗎？這倒是很適當的妥協方式。」

「我們有兩個條件。」

愛莉斯菲爾提出條件。她始終保持高姿態，彷彿主張這場會談的主導權掌握在她手上。

「第一點，把你手中有關 Rider 與召主的情報全部公開出來。」

時臣聽見這句話，暗自在心中竊笑。既然艾因茲柏恩希望得到這種情報，就代表他們也已經做好準備要自己動手打倒 Rider。事情的發展正如他所料一般。

「——綺禮，告訴她們。」

之前一直在旁邊默不做聲的綺禮聽到時臣的命令，用平板的語調開始說明。

「Rider 的召主之前是肯尼斯門下的見習魔術師，名字叫做韋伯．費爾維特。現在寄宿在深山町中越二丁目，一對名叫麥肯吉的老夫婦家中。麥肯吉家是一般的家庭，與聖杯戰爭沒有任何關係，韋伯施下暗示讓老夫婦把他當作親生的孫子看待。」

綺禮流利地說著。他的樣子讓愛莉斯菲爾與舞彌感到恐懼，雖然早有預料，身為Assassin之主的綺禮果然曾經進行過十分透徹的諜報行動。

「……那麼另一項條件是什麼？」

時臣迫不及待地催促道。愛莉斯菲爾這次面露嚴肅表情，對著時臣用極為堅決的口氣說道：

「第二項要求——把言峰綺禮趕出聖杯戰爭。」

時臣之前的態度一直都很輕鬆，但是聽到愛莉斯菲爾這句話也不免露出驚訝的表情。另一方面綺禮依然不動聲色，臉上毫無表情。

「我不會要求你殺他。但是在這場聖杯戰爭結束之前，我要他離開冬木……不，離開日本。而且是明天早上立刻動身。」

「……可以請妳說明理由嗎？」

時臣先掩過驚訝的感情，稍微壓低嗓子問道。愛莉斯菲爾看出他並沒有裝傻，終於確定這對師徒之間有問題——時臣顯然對綺禮的行動一無所知。

「這名代行者與我們艾因茲柏恩家之間有深仇大恨。如果遠坂陣營要留著他的話，我們絕對不可能相信你們，而且還會把你們當作優先排除對象，反過來聯合 Rider 先消滅你們。」

「……」

愛莉斯菲爾的憤怒怎麼樣都不像是在開玩笑。時臣終於察覺曾經發生過一些自己不知道的事情，對身旁的綺禮投以懷疑的眼光。

「這是怎麼回事？綺禮。」

「……」

綺禮就像是戴了一副面具一樣，神色木然，依舊保持沉默。但是他沒有反駁愛莉斯菲爾的指控，這陣沉默代表什麼意義當然很明顯。

時臣嘆了口氣，用不帶任何感情的表情看著愛莉斯菲爾等人。

「綺禮現在代理已經死去的璃正神父接手處理聖杯戰爭的庶務，如果你們要放逐他的話，我們也要提出一項條件。」

愛莉斯菲爾微微點頭，要時臣繼續說下去。

「──我在昨天那場戰鬥中已經見識到那位 Saber 的寶具，威力實在太具破壞性。我希望今後限制使用那件寶具。」

Saber 一聽，皺起眉頭。遠坂家已經擺明著想要把 Rider 推給 Saber 應付，此外還想要加上這項條件根本就是無理取鬧。

「遠坂家憑什麼干預我們的戰略？」

「我們遠坂家同時也是代管冬木之地的管理者（Second Owner）。今後如果要在沒有聖堂教會從事掩蔽工作的狀況下進行聖杯戰爭的話，當然必須禁止引起過度的混亂。」

這時候，先前一直沒有開口的舞彌突然插嘴說道：

「昨天晚上Saber的寶具對附近的設施有造成任何損害嗎？」

「——很幸運的是被害程度相當輕微，因為在射程範圍上正好有一艘大型船隻。但是要是出了任何差錯，河岸上的民宅一定會被一掃而空。」

「是我們在那邊布置船隻的。」

不只是時臣，就連Saber聽見舞彌這句話都揚起眉毛。當時的確是因為有一艘船恰好位於適當的位置，她才能毫無後顧之憂地施展『應許勝利之劍（Excalibur）』。在舞彌提起之前，她完全沒有發覺那艘船竟然是因為切嗣的考量才設置的。

「順帶一提，被破壞船隻的船主已經確認領到保險賠償金。用不著你們告誡，我們艾因茲柏恩家已經對Saber的破壞力有充分的顧慮。」

「我現在就是希望貴家將這份顧慮化為實際的條文。」

時臣打斷舞彌的話，以堅決的口吻提出主張。

「在冬木市之內，無條件禁止在地面上使用寶具。就算是在空中，如果間接會對民宅造成損害的話也一樣禁止——艾因茲柏恩的召主，妳可以答應這項條件嗎？」

「……如果我接受的話，你保證一定會讓言峰綺禮離開嗎？」

「沒錯，我保證會負起責任。」

時臣二話不說，點頭答應。沒有一個人發覺站在他身邊的綺禮緊咬著牙根。

愛莉斯菲爾朝Saber望了一眼，Saber微微點頭示意，表示答應這項條件。Saber也不願意因為自己的寶具而徒增傷亡。如果遠坂時臣提出的條件只是這種程度的限制，倒也算不上是什麼負擔。

「——很好。既然已經確認條件履行，我們同意休戰。」

×　×

會議結束後雙方召主離去，教會裡只剩下言峰綺禮一個人。

就如同剛才時臣所說的一樣，綺禮現在接手指揮目前仍在冬木市各地進行善後工作的聖堂教會人員。因為身為監督者的父親已死，現場的指揮系統亂成一團，等不及第八祕蹟會派遣正式的繼任者。

話雖如此，只要適當地指示各處互相合作並且管理進行狀況，各處現場目前的作業狀況也已經很順利了。這代表璃正生前的指揮調度十分完備。說起來，綺禮只要按照璃正已經安排好的規矩指揮，讓工作順利進行，並不需要什麼困難的判斷。

但是這項工作也只能做到今天晚上了。

在時臣剛開始打算與艾因茲柏恩合作的時候，綺禮就已經知道自己的立場岌岌可危，他對剛才會議中的決定一點都不感到意外。那些艾因茲柏恩的女人——還有在背後操縱她們的衛宮切嗣——已經把綺禮視為最大的威脅了。另一方面對遠坂時臣來說，與艾因茲柏恩之間的協議顯然遠比只是「一介助手」的綺禮來得更有價值。

結果綺禮還是沒有向時臣坦承自己手腕上又有令咒出現，以及從璃正那兒祕密接收了保管令咒的事，就連 Saber 真正的召主衛宮切嗣到現在還潛伏未出的事情也沒有告訴他。

再加上先前救了間桐雁夜這件事，綺禮到現在還隱瞞這麼多如此重要的情報，幾乎已經等於主動放棄身為時臣屬下的職責。就算此時像這樣被時臣撇下，現在他也沒有資格說什麼。

綺禮以電話聯絡所有工作人員之後，獨自回到自己的房間。他坐在床邊側耳傾聽，整個教會空無一人，寂然無聲。

綺禮注視著黑暗，詢問自己的內心。

在這一生當中，這個問題不曉得已經重複了幾千幾萬次。

今晚的自問特別強烈而迫切，因為這次他非得要在天亮之前找到答案不可。

——我到底想要什麼？

在處理善後工作的工作人員送來的諸多報告當中，綺禮對其中兩件事情特別在意。

第一件——當Caster的海魔在河岸肆虐造成混亂的時候，有一名成年男子在眾目睽睽之下離奇死亡。屍體在緊要關頭由聖堂教會回收，才免於落到警方手中。那人臉部的損傷非常嚴重，已經無法判斷身分，但是在左手上明顯留有令咒的痕跡。由其他身體特徵來看，幾乎百分之百肯定是Caster的召主雨生龍之介沒錯。死因是——30口徑或是更大型的步槍子彈兩發。

另外一件報告的內容則可以更加血淋淋地重現當時的情況。

就在幾個小時之前，肯尼斯・艾梅羅伊・亞奇波特與索菈鄔・納薩雷・蘇菲亞利兩人被槍殺的屍體也在新都郊外的廢工場被巡邏中的聖堂教會人員發現並回收。有一張已經簽了名的自我制約證文棄置在現場，赤裸裸地說明下手的人是用多麼毒辣的計策謀害Lancer的召主。

這些都是衛宮切嗣——那架冷酷無情的狩獵機械一個又一個屠殺獵物之後所留下

的足跡。

那個男人恐怕此時也正在夜空下的某處戰鬥。撇下一個人枯坐愁城，心緒紛亂的綺禮，他正一步步地走向聖杯。

過去一直投身於空虛戰場的男人打破九年來的沉默，在這個名為『冬木』的戰場東山再起。綺禮還沒查清楚他的意圖、他的動機，現在卻已經要離開這裡了。

當那個男人得到無限的許願機器時，他會許下什麼願望。

這個答案究竟是否足以填補綺禮的空虛呢。

「……你究竟是什麼人？」

綺禮下意識地出聲喃喃自語。過去他以一種近乎於祈願的預感期待在衛宮切嗣身上找到答案，但是現在他開始嗅到危險的氣息。在他的腦海裡盡是那些不惜挺身保護切嗣的女性，她們究竟對切嗣有什麼期望？或者切嗣的目的意識已經墮落平凡到能夠與第三者分享的程度嗎？

綺禮感覺有一股氣息擾亂深邃的寂靜，從外面的走廊靠近，那是他相當熟悉的氣息。就算只是行走，那位英靈仍然毫不掩飾自己身上釋放的驚人壓迫感，踏進神之家的敬畏與自律與他毫無關係。

Archer連門都不敲，大搖大擺走進綺禮的房間。他一眼看見綺禮正在苦思，露出嘲笑與憐憫的冷笑輕哼一聲。

「都到了這個地步，你還在想？就算再遲鈍也要有個限度啊，綺禮。」

「……你讓時臣老師自己一個人回去嗎？Archer。」

「本王已經把他送回宅邸去了。因為聽說最近似乎有一隻比 Assassin 還要凶狠的毒蜘蛛四處徘徊。」

綺禮點頭。那個精明的衛宮切嗣不可能對剛才的會議袖手旁觀，他一定計畫好在來回的路途上攻擊時臣。綺禮事先已經這麼百般叮嚀過了——可是不是對時臣，而是對 Archer。

「不過你還真是個中規中矩的傢伙，竟然還在為捨棄自己的主君操心。」

「那是很正常的判斷。再說我已經完成作為時臣老師手下道具的工作，已經沒有道理繼續留在冬木了。」

「——你該不會真的這麼想吧？」

Archer 的視線彷彿看透了一切，綺禮也默默回瞪他一眼。

但是綺禮無法否認 Archer 說對了。要不然他早就應該開始收拾行李準備離開冬木，而不是無所事事地呆坐在這裡。

「現在聖杯仍然在呼喚你，而你自己也想要繼續戰鬥。」

Archer再次提醒綺禮。綺禮沉默以對，不再出言反駁。

反正在Archer的面前想瞞什麼也瞞不住，這名英靈連綺禮欺騙自己的謊言都已經看穿了，他很可能已經明白綺禮渴望知道的答案在哪裡。

那雙鮮紅色的雙眸就像是一名觀察者從上方俯視白老鼠在迷宮裡徘徊亂竄一樣。不予以指導也不伸出援手，只從高處看著他人煩惱痛苦的模樣以自娛。這就是英雄王的愉悅吧。

「……自從懂事以來，我一直為了唯一的探尋而活。」

綺禮在Archer面前說道，彷彿是向自己內心深處的黑暗對話一樣。

「我耗費長久的時光，忍受各種苦楚……全都只是徒勞無功。但是此時我卻感到『答案』就在身邊，這是前所未有的感覺。

長久以來我一直追尋的物事一定就在這冬木之戰的盡頭。」

綺禮開口這麼說道。他重新了解到之前驅策自己行動的動力究竟是什麼。

他發現早在許久以前言峰綺禮就已經不是遠坂時臣的走狗，而是為了自己參加這場戰爭。

「你既然已經有這麼清楚的自覺，還有什麼好猶豫？」

Archer冷冷地問道。綺禮低頭看著張開的雙手，然後掩住自己的臉龐，彷彿發出無聲的感嘆。

「我有預感——當我知道所有答案的時候，我就會徹底毀滅。」

如果自己對衛宮切嗣的期待遭到背叛——

如果自己想從間桐雁夜的末路中看出什麼非比尋常的東西——

這次綺禮一定會在沒有任何退路的狀況之下面對那件事吧……那件他在父親以及妻子死亡之時發現的**物事**……

乾脆就這樣捨棄一切拂袖而去會不會比較好？從頭到尾扮演好時臣手下忠實弟子的角色，聽從師父的命令撤退也是一個不錯的藉口。

從今以後忘掉一切，不問何不求何，像草木一般平淡度日就好了。不管他會失去什麼，至少能夠確保今後的人生可以平靜無事地度過。

「——你可別去想那些莫名其妙的事情啊，綺禮。」

Archer立刻警告綺禮，打斷他的夢想。

「如果這麼容易就可以改變生活方式的話，你也不會像現在這麼煩惱了。你活到現在，心中總是帶著疑問，今後到死都會一直迷惑下去。不找到答案的話，你死也不會瞑目的。」

「……」

「這應該是一件值得慶賀的事啊。你永不停歇的巡禮終於即將到達目的地了。」

「……你會祝福我嗎？Archer。」

Archer 頷首。在他的臉上依然沒有一絲溫情，反而像是個觀察螞蟻窩的孩子一樣，綻放著純真的喜悅光輝。

「本王應該已經說過了。人類的命運就是無上的娛樂。本王由衷期盼看到你面對自己命運的那一刻。」

聽到英雄王這番毫不忌憚的狂語，綺禮反而露出苦笑。

「像你這樣只顧著貪享愉悅而活，想必一定活得很痛快吧……」

「如果覺得羨慕的話，你也這麼過活就好了。只要你理解何謂愉悅的話，從此就不會再懼怕毀滅了。」

這時候，走廊外司祭室的電話鈴聲突然響起。綺禮似乎知道是什麼事，一點都不覺得驚訝，走出房間拿起電話。他應答了兩三句之後馬上放下電話，回到 Archer 所在的房間。

「——剛才那通電話是什麼？」

「以前父親手下的工作人員打來的，現在所有聯絡事項都會打來讓我知道。」

Archer 看到綺禮臉上的表情莫名地輕鬆自在，皺起眉頭道：

「收到什麼情報讓你這麼高興？」

「或許是吧，這件情報確實可能決定一切。」

綺禮說到這裡停頓了一下，猶豫著要不要繼續說下去。結果他還是放棄堅持，搖搖頭和盤托出。

「剛才會談結束之後，我派人跟蹤艾因茲柏恩那些人。只要說是父親生前的指示，他們就毫不懷疑地幫我完成任務。多虧他們，我已經查到艾因茲柏恩家的人現在藏身在哪裡了。」

Archer 隔了一會兒才明白綺禮話中代表的涵義。

然後英雄王開始捧腹大笑，不斷拍手叫好。

「什麼啊，綺禮——你這傢伙！原來你打一開始就有意繼續參戰嘛！」

綺禮臨行之際還不惜利用自身的職責之便搜索敵對陣營的動向，如果沒有繼續參戰的打算當然不會這麼做。在他煩惱不已的同時，卻仍然仔細地進行著謀略。

只是他的這些行動並沒有被伴隨真正的決心——一直到幾分鐘之前。

「我是很猶豫，也曾經有機會可以收手。但是到頭來——英雄王，就如同你所說的一樣——像我這種人除了不斷質疑之外沒有其他處事方法。」

綺禮說著，一邊捲起上衣衣袖，再次看看刻印在手腕上的令咒。

左手的上臂有兩道綺禮自己的令咒讓他可以再次與從靈締結契約。

除了這兩道令咒之外，在他整隻右手臂上還有一些從父親遺骸身上回收的保管令咒。這些無數沒有契約對象的令咒不只能控制從靈，還可以用來使出泛用性更高的無屬性魔力，也就是說可以把這些令咒那來當作擬似的魔術刻印運用。扣除令咒用完就消失這一點，現在綺禮身上等於積蓄了大量魔術，足以與累積好幾代刻印的名門魔導匹敵。如果他要繼續聖杯戰爭的話，這些令咒可以說是極為充足的後備戰力。

從現在開始，綺禮的戰爭再也沒有任何正義名分，將會名副其實成為屬於言峰綺禮自己一個人的戰鬥。

為了填補自我內心的空洞、為了查出這個空洞的真面目——他要向衛宮切嗣問道、向間桐雁夜問道，還要向聖杯許願機問道。

「哈哈哈——不過綺禮，你馬上就會遭遇一個大麻煩啊。」

Archer笑了一陣之後，在他血紅色的雙眸中浮現出狡黠卻又邪惡非常的危險眼神。

「如果你要憑藉自己的意志參加聖杯戰爭的話，遠坂時臣也就成了你的敵人。也就是說你現在沒有任何武裝，就這樣赤手空拳與敵人的從靈共處一室。你不覺得這個狀況很危險嗎？」

「也不盡然，我已經盤算好要如何討饒了。」

「哦？」

Archer 興趣盎然地瞇起眼睛。綺禮則泰然自若地繼續說道。

「既然要與時臣老師為敵，我也不用再包庇他的謊言了——基爾加梅修，我就把你還不知道的聖杯戰爭背後的真相告訴你吧。」

「……什麼？」

Archer 狐疑地蹙著眉頭。綺禮見時機已至，開始說明老師時臣之前告訴他的聖杯戰爭真相。

「在這個世界『內側』發生的奇蹟並不會影響世界的『外側』。爭奪許願機只是一場鬧劇，『初始三大家』希望得到聖杯的真正企圖並不在此。

這場在冬木舉行的儀式其實本來是把七位英靈的靈魂聚集起來當作祭品，企圖打開前往『根源』通道的試驗。『達成奇蹟』的約定只不過是為了召喚英靈的釣餌而已。因為只有關於『誘餌』的傳聞甚囂塵上，造成只剩下現今聖杯戰爭的形式流傳下來。」

這個真相只有間桐、遠坂、艾因茲柏恩三家以及與三大家有關的人才知道，絕對不能讓外來的魔術師與七位從靈知曉祕密。

「這次戰爭中真正想要成就過去『三大家』夙願的魔術師只有遠坂時臣一人。他要把七位從靈全部殺死來啟動『大聖杯』。七個人全部，你明白嗎——時臣老師之所以這麼不願意使用令咒的原因就在這裡。他與其他召主戰鬥最多只能使用兩道令咒，因為最後一道令咒必須在戰爭全部結束之後，用來命令自己的從靈自盡。」

Archer聽了這麼多，臉上卻沒有什麼表情。他壓低了聲音冷冷問道：

「……你是說時臣對本王的忠誠全都是虛偽的嗎？」

綺禮回想起老師以往的行事為人，搖頭道：

「他的確對『英雄王基爾加梅修』付出了無上的敬意。但是**身為弓兵從靈的你**則是又是另外一回事。你就像是英雄王的複製品，只是一尊雕像、一幅肖像畫而已。你會被裝飾在畫廊裡最受眾人注目的地方，他在你面前走過的時候也會必恭必敬地行注目禮吧——然後如果要改變布置，沒有空間可用的話，他也會懷著敬意把你捨棄掉。

追根究柢，時臣老師終究是一位徹頭徹尾的『魔術師』。只要一想，他很清楚從靈只不過是道具而已。就算他對英靈心懷敬意，也不會對英雄偶像抱持任何幻想。」

Archer聽完一切，彷彿終於恍然大悟似地深深頷首，臉上再度浮現他特有的邪惡笑容，表情寬大而殘忍、昂揚而至高無上。那是所有價值觀念都取決於一己審美觀的絕對王者的笑容。

「時臣這傢伙——最後終於有點看頭了。這樣一來那個無趣的男人似乎終於也能為本王帶來點樂趣。」

只要稍微思考這句話的言外之意，就能知道這句宣言是多麼地凶猛淒厲，足以讓人鮮血為之凍結。

「你打算怎麼辦？英雄王。聽完這些，你還要站在時臣老師那邊，譴責我的背叛嗎？」

「該怎麼辦呢。雖然時臣對本王不忠，但是他現在還在對本王奉獻魔力。就算是本王，完全放棄召主的話也會對現界造成影響啊……」

Archer 說到這裡，那雙別有深意的眼神毫不掩飾凝視著綺禮。

「本王想起來了——好像還有一個得到令咒，但是沒有契約對象的召主正在找脫離契約的流浪從靈啊。」

「聽你這麼一說，的確是有。」

面對 Archer 如此露骨的邀約，綺禮失笑點頭回應。

「可是我不知道他究竟是不是英雄王看得上眼的召主。」

「沒有問題。雖然他太過冥頑不靈是有點美中不足，但是前途還算光明，應該可以好好地取悅本王。」

——就這樣。

此時，被命運選上的最後一組召主與從靈第一次彼此相視而笑。

× ×

深邃地底的幽暗中，『它』還在朦朧沉睡的黑淵徘徊。

『它』在淺淺的睡眠當中夢見的是——很久很久以前人們寄託給『它』許許多多無窮無盡的「祈願」。

希望世界變得更好、希望有一個美好的人生、希望自己的靈魂純潔無瑕。

軟弱人們的願望是這麼地深切，使他們不得不從自身以外的地方尋求所有惡性。

『它』在過去曾經回應人們的「祈願」，拯救了一個世界。

除我之外，世上皆無罪；除我之外，世上皆無惡。

應該受人憎恨的是我；應該受人厭惡的是我。

『它』承擔一切，拯救了其他人，為他們帶來安寧。

也因此——

『它』雖然是救世者卻非聖人，因此沒有人頌讚。『它』受到人們的唾棄、咒罵與輕視……曾幾何時連以前人身時的名字都被剝奪，只有關於其「存在意義」的稱呼成為一種概念流傳至今。

時至今日，這所有的一切都成為相隔了無數時光的追憶之夢。

從那之後究竟過了多久的時間。

現在『它』在安眠之處出神地想著。

好像曾經發生過什麼煩人的事情。沒錯，就在眨眼一瞬不過短短六十年前的事。

事情就在一瞬間發生，已經不太記得細節了——等到回過神來的時候，『它』已經身處在一個溫暖昏暗，如同母體般的地方。

那是位在地底深處，深深呼吸著的無邊黑暗。

那裡從前就如同「卵」一般，蘊藏著無限的可能性。某一天『它』就像是一顆漂流到該處的種子，在那裡落地生根。從那一刻起渾沌不明的黑暗懷了身孕，轉變為孕育『它』成長的子宮。

從此之後，『它』沉浸在淺淺的睡眠當中，同時像在母親胎盤吸收營養的嬰兒般一點一滴地啜飲流進靈脈之地的魔力，慢慢地生長茁壯。沒有人知道『它』的存在，『它』只是耐心地等待時刻到來。

等待有朝一日，『它』穿過這團深邃灼熱的黑暗，呱呱落地的時刻。

忽然『它』側耳傾聽不遠處傳來的聲音。
剛才確實有人說話。
「……承擔『這世上所有的邪惡』……在所不惜……甘之如飴」
啊啊，有人在呼喚我。
有人帶著祝福之意在召喚我。
我可以回應他。如果是現在的話一定可以。
在黑暗中無比膨漲的魔力漩渦逐漸讓『它』孕育出實體。
久遠之前人們寄託在『它』身上的無數「祈願」此時也終於可以實現了。
成為人們希望『它』成為的任何模樣。
完成人們希望『它』完成的一切事情。

拼圖已經全數齊全了。
咬合的命運齒輪開始猛然轉動，朝向成就的時刻加速運轉。
接下來——只要等待產道開啟。
『它』在淺淺的睡眠中夢想……夢想著出世後第一聲啼哭將會讓整個世界染成一片
火紅……

現在『它』還是在不為人知的黑暗地底一次又一次地重複著隱密的胎動。

Interlude

「凱利，你知道這座島名字的由來嗎？」

夏蕾一邊悠閒地握著震動的方向盤，一邊開口問道。

叫做凱利的少年坐在副駕駛座上，正要回答「不知道」，劇烈的搖晃差點害他咬到舌頭。

兩人乘坐的小型貨卡車非常陳舊，破爛的程度讓人懷疑這輛車會不會是馬車剛衰落時期的產物，再加上現在車子跑的不是平坦柏油路，而是叢林中的顛簸惡路。雖然行進速度有如牛步，但是坐在硬邦邦的座位上還是搖晃地很厲害，有如海上遭遇暴風的小船一樣。

雖然這是一台幾乎就要報廢的破銅爛鐵，仍然是亞利馬哥島（Alimango island）上僅有四輛的貴重汽車中的一輛——不過話說回來，整座亞利馬哥島上只有在海灣處有一個人口僅三十餘戶的小漁村，大多數的人都不需要用車。在島上生活需要開車的只有少年的家人，還有夏蕾這位到少年家中幫忙的幫傭而已。少年的家位於遠離漁村的叢林深處，要到他家就只能依賴這輛破車。

「Alimango 的意思不就是『螃蟹』嗎？」

聽少年這麼說，夏蕾點點頭。

「很久很久以前，這座島是奉獻貢品給海神的地方。但是有一個小女孩沒有東西可以給生病的母親吃，在煩惱之下終於忍不住下手偷拿獻給神明的貢品。那個女孩子因此受到天譴，變成澤蟹的模樣。」

「真是悲慘的故事。」

「然後從那之後相傳只要吃了這座島上捉到的螃蟹，不管任何疾病都會痊癒。少女的母親也因此擺脫長久以來的宿疾。」

「這不是更慘了嗎？真是過分的神明。」

雖然少年感到訝異，不過這種傳說在民間故事當中也不算稀奇，是相當標準的類型。

只要隨便一找，就會發現世界各地到處都有類似的故事吧。

「祭祀那個海神的神廟呢？」

「已經不在了，是不是真的存在過也不知道。根據傳聞，神廟的位置好像就在凱利家蓋房子的那一帶。」

這麼說來，那個被變成澤蟹的少女為了偷取貢品，還特地跑到這麼深的叢林內部嗎？在海邊捕魚還樂得輕鬆許多呢。

「這就是為什麼村民都不喜歡接近你家房子的原因，他們認為那裡不吉祥，就連我都被威脅說太常出入你家的話會遭到報應呢。」

「怎麼會……那我住在那裡又會變得怎麼樣？」

「凱利已經不像是外人了，村子的人都把你當作是我弟弟嘛。」

雖然被當成小弟弟看待讓少年覺得有些不能接受，不過他和老是關在家裡閉門不出的父親相反，每當夏蕾出門買東西或是有其他雜務的時候，他總是會一起坐上車，幾乎每天都到海灣附近的漁村去。

他們搬到這座島上之後已經差不多快一年了吧。現在每一位島民只要看到他，都會輕鬆地向他打招呼。村裡的調皮小孩一開始總是和少年吵架，最近也常常和少年一起搗蛋。

這裡雖然是遠離出生故鄉的異地，但是少年很喜歡這座亞利馬哥島。

移居過來之後的最初幾個禮拜，每天一成不變的生活雖然讓少年很厭煩。但是曾幾何時，明朗的南國陽光與色彩繽紛的海景風光已經深深了擄獲少年的心。

但是少年的父親從來不肯離開那間誰都不敢靠近的房子，他實在不認為父親很享受這裡的生活。

「爸爸如果也和村人好好相處的話，個性會不會變得比較不一樣呢？」

「嗯～～很難說耶。」

夏蕾一面巧妙地轉動方向盤躲開路上的大石頭，露出苦笑。

「因為西蒙神父相當討厭他。我也常常被神父教訓，他說如果我繼續在那間房子裡工作的話，一定會被惡魔纏上。」

「……是喔。」

西蒙神父平時待人很溫和，知道他在暗地裡這麼說父親讓少年覺得相當失落。但是這也難怪，或許還應該慶幸神父只是「說說壞話」而已。如果西蒙神父真的知道父親的一切所作所為，自己父子倆肯定會落得逃離這座島的下場吧。

夏蕾用單手拍拍腰間，一柄帶鞘的銀製裝飾用短刀插在腰帶上。

「你看這把刀。這是神父硬塞給我，要我隨時帶在身上的。他說這是相當靈驗的護身符。」

「……這不就是妳平常拿來削水果皮的那把刀嗎？」

「這把刀很利，切起來滿順手的。我是很珍惜著用啦。」

夏蕾還是很輕鬆地說著。她和少年不同，好像一點都不覺得這個話題有什麼陰暗面。

「夏蕾，妳不怕我爸爸嗎？」

少年怯怯地問道。夏蕾很乾脆地點頭回應。

「我知道他不是一般人，也能體諒為什麼村人會覺得他讓人不舒服。他做的是那種研究，也難怪不得不遠離都市，搬到這種偏僻的小島隱居。但是你父親就是這一點了不起。」

不曉得為什麼，少年覺得只要一談到父親的事情，夏蕾就會變得既成熟又知性。她和少年只相差四歲，根本還算不上是成年女性。

「他的知識與發現全都非常了不起，隨便哪一種都足以徹頭徹尾顛覆這個世界，當然會讓人覺得害怕，所以也必須隱藏起來……但是老實說，我總是在想如果把那種力量拿來貢獻世界的話該有多好。」

「……妳說的事……真的可能嗎？」

「你爸爸是已經放棄了。但是凱利，我認為如果是你的話，你一定可以辦得到。」

看到夏蕾表情認真地這麼說道，少年反而覺得不高興。

「哪有。夏蕾才是父親的頭號大弟子吧，有能力貢獻世界的人應該是妳才對吧。」

少年知道夏蕾來家裡不光只是做一般的家事幫傭而已，也在協助父親的工作。聽父親說，夏蕾這名少女非常聰明又有才能，埋沒在這種貧窮的小島成天為了生活而煩惱實在太可惜了。連父親這種神祕主義者都這麼重視她，想必她的素質一定非同小可吧。

但是夏蕾本人只是張大了嘴，大笑搖頭。

「我才不是什麼徒弟呢，頂多只算得上是助手吧。我只是打打雜、幫點小忙，但是最重要的部分你父親什麼都沒教給我。

可是凱利，將來繼承父親衣缽的人一定是你。因為你父親現在進行的研究全都是為了有朝一日讓你繼承所做的準備，現在只是時機未到而已。」

「……」

夏蕾語氣誠摯地解釋給少年聽，真的就像是姊姊在關心小弟一樣。少年覺得心中五味雜陳，想說什麼又說不出來。

聽說少年的母親生下他後不久就過世了，所以他不記得母親的事。對少年來說，可以稱為家人的人只有父親而已。雖然他的個性孤僻又嚴厲，但仍然是個慈祥又偉大的父親，也是少年在這個世上最敬愛的人。

自己尊敬的父親竟然寵愛兒子以外的「助手」，最初讓少年覺得非常不是滋味。有一陣子他真的很厭惡到自己家裡來的夏蕾。但是過沒多久，他的心就被夏蕾的活潑個性與溫柔吸引住了。

感覺就像多了一個家人一樣。夏蕾把少年的父親當作自己父親一樣尊敬，對他的兒子也視為親生弟弟一樣疼愛，照顧地無微不至。對於沒有女性家人的少年來說，夏蕾這個「姐姐」的存在自然而然變得特別而重要。

不——少年最近覺得心中有一股奇妙的騷動，他對夏蕾的感覺真的只是如此而已嗎？

他非常清楚夏蕾善良、開朗又聰慧。但不只是這些優點，她無意中的一舉手一投足——就好比現在她一邊握著方向盤，一邊哼哼唱唱的側臉就讓少年覺得她美得讓人發慌。這究竟是為什麼？

「凱利長大後想要成為什麼樣的大人？繼承了父親的工作以後，你想要怎麼使用它？」

「……咦？」

夏蕾突然開口發問讓心不在焉的少年嚇了一跳。

「將來你會得到的可是能夠改變世界的力量喔。」

「……」

父親的遺產。如果說少年從來沒有幻想過父親要留給他什麼的話，當然是騙人的。對於那些事物的價值與意義，他自認也有相當的認識。

至於要如何使用，他當然也有想法——

但是少年實在不願意把這些內心事化作言語說出口，特別是在夏蕾的面前。他最討厭自己的夢想被別人嘲笑像小孩子一樣幼稚，尤其不希望聽到夏蕾這麼說。

「……那當然是祕密。」

「嗯？」

夏蕾調皮地挑了少年一眼，柔柔一笑。

「那就讓我看看凱利長大之後會成為什麼樣的大人吧。在那之前我會一直待在你身邊，好嗎？」

「……隨妳便。」

少年又羞又尷尬，忍不住轉過頭去。

對他來說，這名年長少女的笑靨實在太過耀眼，讓他不得不撇開視線。

× ×

死白的皮膚。

皮膚下浮現出來的青黑色靜脈如同裂縫般布滿整張臉頰。

痛苦抽搐的表情就像是瀕死之人一樣。

一眼就能看出來——那東西已經死了。

雖然死了，卻還在活動。

少年的腦中非常清楚，『那東西』雖然長得一副人樣，但早已變成某種非人之物了。

外面是一片黑夜。這座島上當然沒有路燈，但是明亮的月光還是靜靜地從窗口射進來，清清楚楚照亮慘劇的現場。

這裡是村外的雞舍。少年為了尋找平白無故失蹤的夏蕾，白天找遍了整個村子，就算天黑之後仍不肯放棄，找到這裡來。

滿地都是被吃得血肉模糊的雞隻屍體。少年走到雞舍深處那一邊顫抖一邊啜泣的亡者身旁。

殺了我——

那東西的臉龐和少年最喜歡的女性長得一模一樣，嗚咽著哀求道。

銀色短刀輕輕地扔到少年腳邊，在月光的照射之下閃耀著不祥的光芒。

我好怕——

我自己，辦不到——

所以求求你，由你……殺了我——

現在還來得及——

「怎麼會……」

少年搖著頭往後卻步。

我怎麼可能下得了手。

不管變成什麼樣子，夏蕾就是夏蕾。說好會一直待在他身邊，是他最親愛的家人——不，她是比家人還要更重要的人。

拜託你——

夏蕾痛苦地喘息著，口中露出一排參差不齊的尖銳亂齒。少女一邊發了瘋似地哀泣，一邊吐出如同野獸般的喘息。

我已經——不行了——在我壓抑不住之前——快點——

夏蕾像得了熱病一樣不斷顫抖掙扎，用裸露的牙齒咬住自己的手臂。

滋……

啜飲血液的聲音刺激著少年的鼓膜。

求求你——

少年用自己發出的慘叫聲掩蓋不停哀求的聲音，奔出雞舍。

讓他感到害怕、感到恐懼的不是已經完全變了樣的夏蕾，而是她扔過來自己腳邊那把短刀所反射出的熠熠刀光。

他不曉得發生了什麼事，也不想知道。

總之必須找個人求助才行。

少年相信一定有個大人可以為他解決這如同噩夢般的一切。

夏蕾一定可以得救，一定有人可以救她。

少年如同祈禱般告訴自己不要懷疑。

全力奔跑的話，只要不到五分鐘就可以跑到西蒙神父的教堂。

少年一邊跑一邊哭喊，對腳上的疼痛與劇烈心跳的苦悶全然沒放在心上。

×　×

那個女人自稱叫做娜塔莉亞·卡明斯基。

她身上裹著與熱帶南國夜晚一點都不相襯的深黑色防水大衣，但是連一滴汗都沒流。蒼白的臉龐面無表情，冷酷無比。甚至讓人懷疑她身上有沒有血液流動，體溫是否和一般人一樣溫暖。

把少年從鬼哭神號的地獄中帶出來的救命恩人就是這樣的一個人。

「小鬼頭，你差不多也該回答我的問題了。」

少年凝視著遠方陷入一片火海的漁村，背後傳來女人冷漠的聲音。

這個到昨天為止完全與世無爭，幾個小時之前還在月光下安眠的村子現在已經被業火吞噬。隔著海灣從對面斷崖上眺望的光景讓人有些難以置信，感覺完全就像是一場糟糕的噩夢。

少年曾經在那裡看見的許多溫暖笑容全都一去不回了——這叫他該如何接受。

「……這到底是怎麼一回事？」

少年以乾澀的聲音問道。娜塔莉亞冷哼一聲。

「先問問題的人是我。小鬼頭，你的腦袋也該清醒清醒了吧。」

「……」

少年搖頭。就算娜塔莉亞是他的救命恩人，但是如果她不回答自己剛才的問題，他什麼都不想說。

娜塔莉亞可能是從少年堅持不開口的沉默當中察覺他的想法，厭煩地嘆了一口氣之後，開始淡淡解釋道：

「現在有兩派人馬在這個村子裡大鬧。一派是『聖堂教會』的代行者，那些人可不是你知道的那種好心神父，他們深信只要是背離上帝的罪人全都該殺，看見吸血鬼當然不會手下留情，被吸了血的人也不留活口。如果沒有時間心力去一一分辨的話，就連**可能被吸了血**的人也會全部殺光，也就是說這次那些人非常緊張。

然後另外一派的『協會』要解釋就有點困難了——究竟是誰創造出吸血鬼這種超乎尋常的東西？他們就是一群想要獨占這個祕密的人。因為他們的座右銘就是『獨占』，所以會殺光其他可能知道詳情的人。殺人滅口、湮滅證據，如果作得不夠徹底的話就毫無意義了。

反正就是這麼回事。少年，你的運氣好得不得了。現在這座島上從他們的**大掃除**下逃出生天的人大概只有你吧。」

少年對這些事情的接受程度可能還超出娜塔莉亞的預期，他也已經察覺為什麼這些危險的人物會來到這座亞利馬哥島上。

少年向西蒙神父求助，神父知道之後又聯絡其他人。這項情報傳達到外界的時候，在某個過程中傳進了絕對不該得知這件事情的人耳裡。

不管事情發生的經過如何，起因出自於誰非常清楚——就是少年自己。

如果少年聽從夏蕾的哀求，鼓起勇氣用短刀刺穿心愛少女的心臟，事情就不會演變成這種慘狀了。

這麼一來就算他心中的傷口再大、就算從今以後夜晚再也無法安眠——至少不會有其他人送命。

少年等於親手放火燒了那令他懷念的地方。

「……妳是哪一派的人？」

「我是和『協會』做生意的業務。我的工作就是偷偷拿到他們想要的『祕密』，然後賣給他們。當然這件事要在事情鬧得這麼大之前完成才行，不然根本做不成生意，這次稍微慢了一步。」

娜塔莉亞淡淡地聳聳肩。這樣的光景她一定已經看過很多次了吧，黑衣女子的身上散發出死亡與火焰的氣息，就像是沾滿她全身的味道一樣。

「好了，小鬼頭。把話題拉回到一開始的問題，你也該回答我的疑問了。封印指定——這麼說你也聽不懂吧。算了，這次吸血鬼事件元凶的壞魔術師現在應該還躲在這座島上的某個地方才對，你有沒有什麼線索？」

× ×

在這種情況下，這件事雖然微不足道，不過某種意義上也算是極為重要的事情。

凱利並不是少年真正的名字。

這名少年誕生在遙遠的國家，對這片土地的人們來說，他的名字相當不容易發音。最初是夏蕾用凱利的簡稱稱呼他，之後這個稱呼就在島民之間成為固定的叫法了。少年也已經半放棄地接受這種稱呼。與其被人家用『凱利祖古』這種奇怪的發音稱呼，簡稱的說法還比較好聽一點。

他的名字正確念法應該是切嗣（Kiritsugu）。

他就是封印指定魔術師衛宮矩賢的兒子。

× ×

深夜，切嗣回到位於叢林深處的木屋。迎接他的是父親安心的表情。

「啊啊，切嗣。你沒事真是太好了……」

父親一看到切嗣馬上抱住他。切嗣雙肩與背上的感觸是他睽違許久的感覺，就連他自己都不記得父親已經多久沒抱過他了。個性嚴肅的父親很少像現在這樣真情流露，只是一個擁抱也能讓切嗣感受到父親平時隱藏在心裡的父子之情。

父親放開手之後神情一變，語帶怒意質問切嗣。

「我應該已經千叮嚀萬交代，告訴你今天絕對不可以走出森林的結界。為什麼不聽我的話？」

「……我很擔心夏蕾。」

一聽見夏蕾的名字，父親很不自然地移開視線。光只是這樣一個小動作，就已經足以讓切嗣明白事情的經過了。

「爸爸早就知道她身上發生了什麼事吧？所以才會命令我不准出去對吧？」

「……那孩子的事情我真的覺得很遺憾。我已經和她說過試驗藥品很危險不可以碰，看來她還是忍不住好奇心。」

雖然父親的說話語氣很難過，卻沒有一絲悔恨或是慚愧之意，只有無以排遣的憤怒與焦躁而已，就好像在談論一個因為小孩惡作劇而被打破的花瓶一樣。

「……爸爸，你為什麼要研究死徒？」

「研究死徒當然不是我的本意。但是我們衛宮家的研究無論如何都需要耗費長久的時光。在我，或者是切嗣，至少在你這一代一定要想出延長壽命的方法才行。憑著這副受到死亡命運束縛的肉體是無法到達『根源』的。」

「爸爸……總有一天你也想把我……變成那個樣子嗎？」

「你在說什麼傻話……無法完全壓抑吸血衝動的死徒變化根本就是失敗——關於這

一點，夏蕾倒是意外地很快為我提供了答案。這副實驗藥劑雖然花了我不少心血，結果似乎並不理想。必須要從理論基礎重新開始檢討。」

「……是這樣嗎？」

切嗣點頭會意。

父親還打算繼續下去。他不會因為這種程度的犧牲而氣餒，不管重複幾次，他都要繼續嘗試，直到獲得令他滿意的成果為止。

「切嗣，這件事情之後再說吧。現在我們必須先逃離這裡——抱歉，沒有時間讓你打包行李。協會那些人差不多快要發現森林結界了。我們立刻就要動身。」

父親這麼說道。看來他老早就已經預備好要遠行，房間的角落有兩個大行李箱並排放在一起。逃亡的準備已經就緒，但是父親卻拖到現在都還沒出發——這是因為他到最後始終沒有放棄，相信兒子一定會回到這裡嗎？

「……現在走，還逃得了嗎？」

「我早就料到可能會發生這種事，之前就已經在南邊海岸藏了一艘快艇。這叫做有備無患。」

父親兩手提著行李箱走向門口——背後當然毫無防備。

切嗣拖著沉重的腳步跟在父親身後，同時從褲袋中輕輕抽出向娜塔莉亞借來的手槍。

三二口徑。黑衣女子向他保證過只要冷靜下來從最近距離射擊，就算是小孩子也打得中。接下來就是切嗣的問題了。

少年舉槍對著父親毫無戒心的背後，心中告訴自己要想著漁村在火光中燃燒的光景以及夏蕾最後變成的那副模樣——但是在他腦海中浮現的，卻是這十多年來與父親兩人共同堆砌起來的記憶。這些種種回憶都讓他體會到父親隱藏在心中對他的溫柔與親情。

父親很愛切嗣，對切嗣有所期許。而切嗣也愛父親，以父親為榮。

切嗣心裡想著至少閉起眼睛，但是卻沒有這麼做。他睜大雙眼瞄準，迅速扣下扳機。

磅——槍聲比他想像中還要清亮。

從身後被射穿頸部的父親向前仆倒在地。切嗣沒有停下腳步，一邊走近一邊接著對後腦杓開了一槍、兩槍。然後他停下腳步，朝脊椎骨又打了兩槍。

真讓人難以置信。切嗣對自己這麼冷靜感到害怕。

他一直猶豫到最後，心中確實很掙扎。但是當他拿起手槍之後，手部的動作卻好像一切都是事先已經安排調整好似的。他的身體完全不理會心中的想法，有如機械裝置般迅速完成「該做的事」。

這樣也算是一種才能嗎——一種自嘲的感慨浮現腦海，不帶有一絲成就感，就這麼回歸虛無。

血液在木製地板上緩緩溢流開來。父親已經不在了，躺在地上的只不過是一具屍首而已。**這玩意兒**就是一切的元凶。就因為彼此搶奪這種**玩意兒**，這座島上的居民才回全數被殺，化為灰燼。

夏蕾說過他父親是一個很了不起的人。切嗣自己也認為父親擁有的力量能夠改變這個世界。

兩個年輕的孩子究竟認為魔導是什麼，對魔術師這種人生有抱持著何種期待。

一開始，切嗣甚至沒有發覺自己正在哭泣，他也不知道這是悲傷還是悔恨，只有深不見底的空虛感而已。

右手的槍好重，重得他承受不了。切嗣想要扔下槍卻又扔不下來，他的手指動不了，緊緊扣住槍柄。

切嗣不顧走火的危險，粗暴地甩動右手，想盡辦法試圖放開手槍。但是他愈是狂亂，手指愈是不放鬆，緊握著手槍。

這時候有人用力抓住他的手腕，像是變魔術一樣輕而易舉把手槍從切嗣手中搶下來。切嗣這時候才發現娜塔莉亞就站在自己身邊。

「這裡的結界哪有像你說的那樣堅固，我輕而易舉就突破了。」

娜塔莉亞恨恨地說道。不知道為什麼她的語氣很嚴厲，好像在罵人一樣。

「……妳在生氣嗎？」

「早知道這麼容易，我就不該把這東西交給你這個小鬼頭了。」

她不悅地瞥了一眼從切嗣手上奪下的手槍之後，扣回安全裝置，收進懷中。

「結果妳有沒有來得及趕上都只是憑運氣對吧？」

實際上的確是千鈞一髮，衛宮矩賢已經正準備要動身離開了，如果這時候讓他平安逃掉，他一定會再次銷聲匿跡，然後完全不理會這座島上發生過的慘劇，在某處重新開始研究死徒吧。

切嗣不能依賴運氣，千萬不能讓他逃掉。

「如果想要確實殺死他的話——就只能靠我下手。」

「拿這來當做子女弒親的理由，真是爛到不能再爛了。」

娜塔莉亞憤憤不平地罵道。切嗣心中似乎已經看開，哭溼的臉對她露出微笑。

「……妳真是個好人。」

娜塔莉亞盯著切嗣那張笑臉瞧了瞧，然後嘆口氣，扛起衛宮矩賢的屍體。

「我帶你出島，接下來的事情就要靠你自己去想了——有沒有什麼東西要帶走？」

切嗣堅定地搖搖頭。

「什麼都沒有。」

×　　×

結果……接下來幾年的歲月切嗣都是跟隨著娜塔莉亞・卡明斯基一起度過的。

娜塔莉亞當然不會把孤兒當作一般小孩子撫養，她可沒有這種空閒時間與愛心。切嗣很理所當然地被她當成幫手使喚，不過這也是切嗣自願的。

向娜塔莉亞學習，鍛鍊自己。這也代表切嗣將會踏上與娜塔莉亞相同的人生道路，換句話說就是決心成為一名「獵人」。

置身於外界現實的切嗣過不多久就瞭解到其實亞利馬哥島上的慘劇絕對不是特例，這種愚蠢的事情在這個世界的黑暗面就像是日常生活一樣一再重複發生。

太過執著於追求真理而不惜四處散播災厄的魔術師，以及為了暗地裡收拾魔術師而不擇手段的兩大組織。有關神祕以及隱匿神祕的鬥爭經常到處發生，甚至多到讓娜塔莉亞能夠靠這份工作混口飯吃。

殺掉衛宮矩賢這名魔術師的行為根本算不上防止悲劇再次發生——這種處置等於是從汪洋大海裡掬起一滴水一樣，一點作用都沒有。

切嗣在那天親手殺死父親，如果他想要在弒親的行為當中真正找出什麼價值……就只有當他把和父親相同的異端魔術師全部獵殺之後才能找到的救贖而已。

封印指定執行者。

他們是追捕偏離世道之魔性的獵犬。少年毫不猶豫地下定決心選擇這種非人的血腥人生。

娜塔莉亞不隸屬於任何組織，純粹只為了報酬金追殺獵物，是一名不折不扣的傭兵。她的目標是那些發現寶貴研究成果，但卻脫離魔術協會的管理，躲起來打算暗自繼續追尋真理的『封印指定』魔術師。魔術協會與那些以審判為名抹殺異端的『聖堂教會』不同，保存『封印指定』魔術師的研究成果才是協會的第一要務。

其中最貴重的就是刻在魔術師肉體上的『魔術刻印』。魔術師將耗費好幾個世代的時光所鑽研的魔導烙印在繼承者的肉體上，把更加艱深的探索託付給下一代。

娜塔莉亞與協會交涉，將衛宮矩賢屍體上回收的魔術刻印一部分讓其子切嗣繼承。雖然協會方面先取走重要部分之後才答應妥協，切嗣繼承的只是剩餘的『殘渣』

而已，還不到矩賢想要交付給兒子的所有刻印的兩成，但是也已經足以讓切嗣成為獨當一面的魔術師。不過切嗣本來就完全不打算繼承父親的遺志，繼續研究。

切嗣從娜塔莉亞身上學習魔術不是為了當作一生的志業，而是一種工作手段。事實上，魔術只是少年從這名女獵人身上學到的眾多「手段」當中的一樣而已。

跟蹤技巧、暗殺手法、各式各樣兵器的使用方式——獵犬不是只有一根「獠牙」而已。為了在各種環境與條件之下追捕並屠殺獵物，需要不斷學習全方位的技術與知識。

某種意義上，這也算得上是人類智慧極為嚴苛的一面。切嗣親身學習到人類為了宰殺與自己長相相同的雙足獸，耗費了多少歷史與智慧在精研『殺人』的技能上。

充滿血腥與硝煙味的歲月飛也似地過去了。

衛宮切嗣把年少時期最多愁善感的青春期全部耗費在極為苛刻的經驗與鍛鍊當中，他的外貌已經完全沒有少年天真無邪的樣子，再加上東方人本來就不容易看出實際年齡，他的三本假護照全都登記為成年人，在使用的時候卻從來沒有人懷疑過。

就算有人注意到他的身高或是臉上沒什麼鬍鬚，但是也絕對不會想到那雙陰鬱、冷酷又乾涸的眼神竟然是出自一位十多歲少年的身上。

這一天——

當切嗣知道自己的老師、同時也是夥伴的娜塔莉亞，正面臨一生中最險惡的危機時，他仍然喜怒不形於色，一步一步確實完成自己的工作。

切嗣的內心雖然因為焦急與慌張而亂成一團，但是再怎麼樣他都沒有辦法支援娜塔莉亞。現在她的戰場在高度三萬五千英呎以上的高空——一架巨型噴射機的內部。

整件事情始於他們追殺一名以『魔蜂師』外號聞名的魔術師奧德・波札克。

雖然並不完全，但是這位魔術師成功轉化為死徒，藉由自己的蜂類使魔毒針讓手下操控的食屍鬼增殖，是一個非常危險的人物。他改變自己的外貌，塑造一個假身分扮成平民百姓，已經消失了一段很長的時間。四天前，切嗣兩人得到情報說失蹤已久的波札克將會搭乘從巴黎出發，前往紐約的空中巴士A300客機。娜塔莉亞決定要在兩百八十七名乘客中找出不知長相容貌也不知假名的目標，勇敢挑戰這場困難度極高的「獵殺行動」。

身為搭檔的切嗣沒有一起搭上飛機，他被委派的任務是先行前往紐約，根據可靠情報尋找識破波札克變裝的線索。師徒兩人各自從空中與地面密切聯繫，在密閉的空間中安靜地、確實地過濾出獵物的座位。

讓人意外的是，暗殺行動在起飛後大約三個小時就迅速完成了，但是真正的慘劇之後才開始。

最致命的意外是波札克竟然瞞過海關，將『死徒蜂』帶進機內。娜塔莉亞沒能清除掉的死徒蜂接連螫刺乘客，巨型噴射機的座艙轉眼間就變成食屍鬼橫行的血腥地獄。

即便娜塔莉亞已經是老江湖，但是在這個無路可逃的密閉空間遭受無限增殖的大量食屍鬼攻擊，情況還是相當不樂觀。雖然切嗣無計可施，只能通過無線電聽著事態隨著時間流逝逐漸惡化，但是他依然不放過任何能夠讓娜塔莉亞生還的可能性。

娜塔莉亞以往對切嗣再三交代過一個大原則——『無論如何都要不擇手段活下去』。切嗣深信這項信念這次也會為這名身經百戰的女獵人帶來生機，他坐在已經兩個小時無聲無息的野外無線電之前，默默等候來自夥伴的通訊。

終於就在夜空的星辰開始被青灰色黎明所掩蓋的時候，無線電終於打破沉默。疲憊不堪的女性聲音混著雜音傳了出來。

『……聽見了嗎？小鬼頭……你應該還沒睡吧？』

「收訊狀況很好，娜塔莉亞。今天早晨對我們這兩個整夜沒睡的人來說都不太好過啊。」

『如果你敢說昨天晚上在床上舒舒服服睡了一覺的話，之後我一定會掐死你……好了，我有好消息與壞消息，你想先聽那一個？』

娜塔莉亞發出一陣乾笑之後，沒好氣地問道。

「依照老規矩，當然是先聽好消息啊。」

『ＯＫ，那就先說值得慶賀的好事。總之呢，我還活著，飛機也沒事。我剛剛才保住了駕駛艙。雖然機長與副機長都已經翹辮子讓人很想哭，不過只是操縱飛機的話我也會，前提是輕航機那套要行得通才行。』

「和管制塔台聯絡了嗎？」

『聯絡上了。他們一開始還以為我在開什麼惡劣的玩笑，不過還是願意好心地幫我一把。』

「……那壞消息呢？」

『嗯——結果沒被咬到的人只有我，三百名乘客全都成了食屍鬼。駕駛艙那扇門的另一頭已經變成在天上飛的死城了。真叫人毛骨悚然啊。』

「……」

這是切嗣所能想到最糟糕的情況——他知道如有萬一，真的可能會演變成這種狀況，早就已經做好了心理準備。

「那種情況下，妳……還能活著回來嗎？」

『還好啦，這道門夠堅固。雖然現在外面抓得咖咖響，不過不用怕被衝破——倒是要如何著陸才讓我擔心。這種龐然大物，我真的應付得來嗎？』

「……妳一定沒問題的。」

『你這是在為我加油打氣嗎？真讓人貼心呢。』

僵硬的乾笑幾聲後，接著是無精打采的歎息聲。

『距離機場還有五十多分鐘，這段時間拿來祈禱實在太長了點——小鬼頭，你就陪我聊一會兒吧。』

「……可以啊。」

兩人就這樣開始閒聊了起來。一開始先交代剛才斷訊的兩個小時之間發生了什麼事，然後對已死的波札克展開一連串沒完沒了的惡毒痛罵，接下來話題很自然地帶到過去兩人收拾掉的魔術師與死徒，回想他們共同闖過的修羅戰場。

娜塔莉亞平常話不多，但是今天卻特別饒舌。想要讓自己的注意力從客艙傳來的食屍鬼呻吟聲與不斷敲打駕駛艙門的聲音移開的話，像這樣不停說話應該是最好的辦法吧。

『——你這小鬼頭當初開口說要跟著我做生意的時候，我真是傷透腦筋了。因為就算我說破了嘴，你似乎也不可能放棄。』

「我這個徒弟看起來這麼沒前途嗎？」

『不是……你是前途無量，好到太超過的地步……』

娜塔莉亞發出幾聲特別乾澀的苦笑，坦言說道。

「……什麼意思？」

『動手的時候完全不受心理的影響──大多數殺手要有這番覺悟都要花上幾年的時間。但是小鬼頭，打從一開始你就有這份覺悟，這可是非常不得了的天分啊。』

「……」

『但是依照自己的天分挑選職業不見得一定是幸福的。才能這種東西只要超過了某種界線，就會扼殺當事人的想法或感情，直接決定人生的道路。行動的時候不思考「自己想要做什麼」，只想到「自己應該做什麼」，人要是走到這一步就完了……那種人只不過是一台機械、一種現象罷了，根本不是一個人該有的生活方式。』

長久以來看著少年長大的老師所說的話就像是冰冷的寒霜一般沁入少年的心底。

「我……還以為妳是一個更冷漠的人。」

『都過這麼久了還說什麼，我當然是一個冷漠的人啊，我有哪一次對你客氣過嗎？』

「也對。妳總是很嚴厲，一點都不留情──妳真的用盡全心全力教導我。」

『……鍛鍊男孩子一般來說是父親的工作嘛。』

通訊機的另一頭，娜塔莉亞支吾了一陣子之後，無可奈何地嘆口氣，用誠摯的口吻坦白說道：

『以你的情況來說，我就像是奪走那個機會的主因。該怎麼說呢……我多少也覺得有點過意不去。』

我也沒有別的生存手段可以教你——娜塔莉亞帶著一點自嘲的語氣，補上這麼一句話。

「……妳自認為是我的父親嗎？」

『別弄錯男女性別了，沒禮貌的小子，至少要改成母親。』

「……說的也是，抱歉。」

切嗣本來想要插科打諢幾句，但是卻沒有這種心情，他只能勉強用嘶啞的聲音道歉而已。

兩人用無線電通話，看不到彼此，當然無從得知對方是什麼表情。所以娜塔莉亞也不知道切嗣此時的心境吧。

『……有好長一段時間我都是一個人過著血腥的生活，時間久到都忘了自己是孤單一人。

所以說……呵，也滿好笑的，這種和一個像是家人的人在一起的感覺……』

「我也——」

事到如今，告訴她這件事又有什麼用。切嗣聽到內心這道冷酷的聲音自問道，但他還是繼續說下去。

「——我也是一直把妳當做母親一樣看待。我很高興自己不是孤零零的一個人。」

『……我說切嗣，這種讓人下次見了面覺得超尷尬的話，你就別再說個不停了吧。』

從娜塔莉亞語氣聽得出來她真的覺得有點不知所措，她也同樣還不習慣「害臊」的感覺吧。

『真是的，步調都亂掉了。再過二十分鐘就要著陸，如果在緊要關頭想起這件事笑出來，出了什麼差錯我可是會沒命的。』

「……抱歉，是我不對。」

這句道歉的話語一點意義都沒有。

娜塔莉亞已經沒有必要嘗試如何在跑道上降落。

因為她與切嗣再也不會見面了。

知道這件事的只有切嗣一人。

切嗣已經覺悟了。當娜塔莉亞沒有在食屍鬼增生之前把牠們全部殺光的時候，她就已經沒有生還的希望，載滿死人的客機只能在沒有操縱者的情況下墜落大西洋。成功殺死『魔蜂師』波札克的代價就是娜塔莉亞．卡明斯基與全體乘客的性命——切嗣打算接受這份令人痛心疾首的結果與成就感。

但是切嗣並沒有低估老師娜塔莉亞在生死關頭發揮出來的強大韌性。她的信念就是『無論如何都要活下去』的不屈意志，切嗣不排除她可能會逃過墜機的命運——這是他預料中最壞的情況。

娜塔莉亞一向以自己活命為第一優先，對於造成什麼樣的結果她完全不會考慮。即便讓那架載著將近三百隻食屍鬼的客機降落，把那群飢餓的死人在機場放出來——如果除此之外別無其他生還機會的話，娜塔莉亞就一定會這麼做。正因為切嗣知道她是這樣的人，所以他才會瘋狂做準備以應付「萬一的狀況」。

如果想要避免災禍更加擴大的話——絕對不能讓那架空中巴士Ａ３００降落。

不論娜塔莉亞是生是死，這都是不變的事實。

切嗣在深夜裡的紐約四處奔走，用遍了所有管道。就在一個小時之前，他好不容易才拿到流出黑市的吹管式單人用地對空飛彈。

而現在，切嗣正坐在漂浮於海面的快艇上，等著娜塔莉亞搭乘的飛機出現。這裡位於航道的正下方，飛機在接近紐約甘迺迪國際機場的時候會在這裡降低高度，進入飛彈射程勉強可及的範圍內。

當切嗣拚了命想採買武器的時候，以及駕著偷來的快艇前往射擊位置的時候，他一直不斷質疑自己這個人的精神構造。

如果只是對娜塔莉亞見死不救的話倒還好。就算切嗣安慰自己她的死能夠避免慘劇發生，好歹這也算是正常的心理反應。

但是他為了避免所愛女性生還的「奇蹟」發生，竟然一步步地算計如何才能確實制她於死地。這樣的自己究竟是一個什麼樣的人？

如果切嗣最終只是白忙一場的話，心理上至少還能獲得一點安慰。但是殘酷的現實仍然不肯放過衛宮切嗣，此時奇蹟似平安無事的空中巴士Ａ３００為了讓他親手殺死娜塔莉亞，在破曉的天際展現它的銀翼，出現在切嗣面前。

『……說不定我已經老了，不中用了。』

娜塔莉亞仍然深信無線電另一頭的切嗣人還在紐約的旅館，用毫無戒心的語氣懶懶地說道。

『之所以會出這種槌，可能就是因為辦家家酒的遊戲不知不覺讓我鬆懈了吧。如果真是這樣的話，也該是時候了。是不是應該退休了呢……』

「——如果退休不幹的話，今後妳打算怎麼辦？」

切嗣勉強還能裝出一副若無其事的聲音。另一方面，他的雙臂將扛在肩上的吹管式飛彈準心對準飛機的機影。

『如果失業的話——哈哈，這下當真只能演演母親的角色了呢。』

切嗣的眼眶盈滿淚水，但是他的雙眼依舊精準地讀取距離標示——距離已經進入一千五百公尺以內，絕對能夠命中。

「妳——是我真正的家人。」

切嗣以低沉、嘶啞的聲音這麼說完之後，將飛彈發射出去。

前幾秒鐘需要手動導向。就在他的指尖將帶著殺意的準心對著娜塔莉亞座機的這段時間，所有與她共同的回憶在腦海中閃過。

但是這種折磨沒有持續多久。彈頭的搜索系統一捕捉到噴射客機的放熱溫度，飛彈便脫離切嗣的控制，如同一頭飢餓的鯊魚般無情地朝目標衝過去。

飛彈直接命中機翼下方的引擎。切嗣親眼看著機翼折斷的機體傾斜。

接下來的毀滅彷彿就像是一幅被風吹散的沙畫一樣——失去空氣動力支撐的鐵塊就像被壓扁似地扭曲斷裂，化成一塊塊碎片靜靜地落入清晨的海洋中。掉落的金屬碎片在晨曦中閃閃發亮，讓人聯想到遊行時的碎紙花。

第一道曙光從水平線的彼端射出。切嗣沐浴在娜塔莉亞終究沒能看見的這個早晨陽光下，獨自一人壓低聲音不斷哭泣。

就在任何人都渾然不覺的情況下，切嗣又拯救了他不認識的大眾。

妳看見了嗎？夏蕾……

這次我又殺了人了。就像殺死父親一樣，我又殺人了，我沒有再重蹈妳那時候的覆轍。我，拯救了好多人……

假使人們得知切嗣的行為與意圖，他們會覺得感激嗎？那些在機場最終免於面對恐怖食屍鬼的人會把切嗣奉為英雄嗎？

「開什麼玩笑……開什麼玩笑！混帳!!」

切嗣緊握住已經開始冷卻的飛彈發射筒，對著逐漸轉亮的天空放聲嘶吼。

他不要名譽，也不要別人感謝。他只想再見娜塔莉亞一面，等待哪一天能當面喊她一聲『媽媽』。

這種結果雖然不是他所期望的，但卻是正確的判斷。切嗣的決定十分**正當**，毫無爭論的餘地。註定一死的人被消滅，不該死的人得救。如果這不是『正義』的話那又是什麼？

他回想起一張久遠之前已不再復見的面容。在耀眼的陽光之下問切嗣「長大後想要成為什麼樣的大人」，那心愛之人的眼神。

那時候切嗣應該回答她的——如果能夠改變這個世界，如果能夠獲得奇蹟的話，他會回答『我想成為「正義的使者」』。

那時候他還不了解。不了解這座名為「正義」的天秤會從他身上奪走什麼、讓他做出什麼樣的事。

「正義」從切嗣身邊奪走了父親、奪走了他第二個母親，甚至就連讓他感受手上的血腥，懷念他們的權利都奪走了。

切嗣已經無法帶著平靜的心情回憶那些他所愛人們的聲音與身影。他們將會在噩夢中永遠不斷折磨切嗣，絕對不會原諒切嗣做出無情的判斷捨棄了他們，扼殺他們的生命。

這就是名為「正義」的苦刑，他所憧憬的理想必須付出的代價。

事到如今已經無法停下腳步了。在他停下來的瞬間，過去追求的一切都會變成枉然。他所付出的代價、累積的犧牲全都會崩壞，失去價值。

切嗣今後一定會遵從心中的理想。就在他憎恨理想、詛咒理想的同時，他仍會繼續正確地完成理想。

他在內心發誓要接受這一切。

接受這道詛咒吧，接受這股怨怒吧。衷心期望未來當眼淚乾涸的時候，他會有所願得償的一天。

如果他手中的殘酷是人世間之最的話……

那麼他也一定可以收起這世上所有的淚水，全部抹去吧。

這就是衛宮切嗣年少時光的終結──

這一天早上，他決定踏上那條脆弱、險惡但卻不變的道路。

ACT.13

-48：11：28

天色未明的時候，言峰綺禮站在遠坂宅邸的門前。

自從召喚 Archer 之後，他已經有十天沒有來過這裡了。過去他曾經以實習魔術師的身分在這棟洋館度過三年的時光，雖然時間不算長，但是在冬木市裡，他對這棟洋館的親切感還更勝於冬木教會。

「歡迎你來，綺禮。我正在等你。」

雖然綺禮在這怪異的時間來訪，但是一聽到門鈴聲遠坂時臣還是馬上出現在門口，昨晚冬木教會的會談結束之後他應該就一直沒有闔眼吧。綺禮依循師徒之禮深深垂首。

「在我離開冬木之前，先來向您告辭。」

「是嗎……事出突然，我真的感到很抱歉。以這種方式和你別離，我也覺得很遺憾。」

雖然嘴巴上這麼說，但是從時臣的表情上完全看不出他對放棄綺禮感到一絲內疚。這也難怪，就時臣的認知來看，言峰綺禮只不過是遠坂家從聖堂教會借來暫用的棋子而已。

聖杯戰爭對綺禮來說沒有任何報酬，單純只是上級指派的戰鬥任務而已——如果時臣是這樣認為的話，現在與綺禮分道揚鑣就不是背叛或是排擠，而是讓他從職務中解脫。道別的時候只需要慰勞他的辛勞就夠了。

「我會搭乘中午的班機前往義大利，先把父親的遺物送到總部去。可能有一陣子不會再回日本了。」

「這樣啊……進來吧，還有時間可以稍微聊一聊嗎？」

「是的，沒有問題。」

綺禮不露聲色，再次踏進遠坂家的家門。

×　×

「我打從心底覺得非常惋惜。綺禮，我真的很希望你能代替璃正先生親眼見證我遠坂家成就宿願的那一刻……」

雖然宅邸裡除了時臣之外沒有其他人，但是客廳卻一塵不染，整理得乾乾淨淨，應該是時臣使用低級靈或是其他什麼方式打掃過吧。在戰時竟然還有心力清掃家裡，不愧是時臣，氣度果然不凡。

「你對艾因茲柏恩做出多餘的舉動雖然讓人很遺憾，不過我知道你是為了讓戰況對我有利才會這麼做。這可能是代行者的做事習慣，但我還是希望你在事前或是事後能向我報備一聲。早知如此，昨天晚上我就不會巴巴地帶著你參加會議了。」

綺禮似乎對時臣寬大為懷的態度大為感動，低下了頭。

「一直到最後還給導師您添麻煩，實在過意不去。」

時臣點頭接受綺禮的賠罪之後，不改認真的表情，以誠摯的語氣對綺禮說道：

「雖然我們是因為聖杯戰爭才結識，但是無論中間發生過什麼事，我至今仍然認為收你為徒是我的驕傲。」

綺禮差點就要忘記壓抑感情笑出聲來，時臣卻完全不知道自己的愛徒內心在想什麼，抱著毫無虛偽的真誠心意繼續說道：

「素養方面雖然是勉強不來的，不過身為一位修道者，你努力修練的態度就連我這位老師都深感敬佩——綺禮，我希望你能像你的先父一樣與遠坂家保持良好的關係，你覺得如何？」

「這真是求之不得。」

綺禮點頭回答，還露出淡淡的笑容。過去三年，時臣始終錯判徒弟的人格與精神性，這次他還是一樣誤會綺禮臉上笑容的涵義，喜不自勝地點頭說道：

「你的品格實在足堪為他人表率，我一定要讓小女向你看齊。綺禮，我希望在這次的聖杯戰爭結束之後，你能以師兄的身分指導凜。」

時臣說完，從書桌的角落拿起一封之前就已經寫好的書信遞給綺禮。

「……導師，這是？」

「這算是遺書吧，雖然只是一些簡單的內容。」

時臣這麼說完之後，好像覺得自己不適合這些話似的，臉上露出為難的苦笑。

「我想應該要考慮到有什麼萬一的情況。這上面有我的署名，表示把家主之位傳給凜。還有指定你當她的監護人，直到她長大成人。你只要幫我把這封信交給『時鐘塔』，接下來的事情協會會幫忙照料。」

綺禮終於知道時臣是認真的，而不是嘴上說說而已。雖然心中覺得諷刺至極，但是他特有的嚴肅認真個性讓他謹慎地接下了這份責任。綺禮畢竟是聖職人員，對於他人所託之事一定要以誠實嚴謹的態度去完成。

「請交給我吧。弟子雖然不肖，但我一定會負起責任照顧好令千金。」

「謝謝你，綺禮。」

時臣用簡短一句話表達真誠的謝意之後，又拿起放在書信旁邊一個黑檀木製的細長盒子，交給綺禮。

「打開來看看，這是我個人想要送給你的。」

綺禮依言打開盒蓋一看，有一柄瀟灑的短劍躺在天鵝絨內襯當中。

「這是──」

「這是阿索德劍，是我家家傳的寶石藝品。只要填入魔力的話也可以當作禮裝使用──這柄劍證明你修習遠坂家的魔導，完成了實習課程。」

「……」

綺禮拿起短劍檢視，花了好一段時間端詳尖銳鋒利的劍尖。

在時臣的眼中看起來，綺禮掩去一切感情的臉龐或許是感動萬分的表情吧。

「吾師……您對我這名不肖弟子如此厚愛，我實在不知道該如何表達我的謝意。」

「我才應該感謝你。言峰綺禮，如此一來我就能無後顧之憂地面對最後的戰鬥。」

時臣帶著毫無惡意的明朗表情說道，從沙發上站起身來。

此時此刻──綺禮的腦海中不禁浮現出命運這兩個字。

有人說命運是一種試圖在累積的偶然中尋找出特別意義的渺茫嘗試。那麼遠坂時臣在這個時候把刀器親手交給言峰綺禮，難道連這極為湊巧的事實都沒有任何必然性嗎？

「不好意思，耽誤你這麼久的時間。希望你還趕得上飛機——」

——還有現在，走向門口的時臣將他毫無防備的背後呈現在綺禮面前也只是偶然而已嗎？

「不，您用不著擔心，導師。」

——如果這是一種必然的話，所謂的命運是否單純只是由愚蠢、錯誤與蒙昧所造成的？就是為了背叛人們的祈願與希望，將一切導向錯誤的方向嗎？

綺禮笑了。這是他從未有過的愉快笑容。

「因為我本來就沒有預約什麼飛機。」

綺禮很驚訝自己竟然也可以露出這種笑容。面對這意外的收穫，就連他將短劍插入眼前背影的觸感都變得不甚鮮明。

「……啊？」

作為友情與信任之象徵的阿索德劍鋒順利穿入肋骨間隙，刺進心臟正中央。只有經過鍛鍊的代行者才有這種精準無比的突刺技術。沒有一絲殺意，也沒有一點徵兆，可能就連被刺殺的時臣自己一時之間都還無法理解胸口的劇痛究竟代表什麼意義。

但是在心臟最後一次跳動送出的血液流過大腦的這段期間，時臣仍然還有餘力思考。他踩著搖擺不定的腳步轉過身子，看著綺禮面露愉快笑容，滿手鮮血——但是時臣的眼神到最後仍然滿是疑惑不解，就這樣帶著不知所以然的痴恍表情倒臥在鋪著地毯的地板上。

這名魔術師到最後一定仍舊固執於自己的想法，在不明白真相的情況下就這麼斷氣了。其實這也很像他的作風，堅信自己的生存之道，踏出腳步時毫不猶豫——直到最後一刻仍然渾不知覺腳邊就有一個大洞。

在逐漸冰冷的遺骸旁湧起一陣燦然生輝的氣息，閃耀的黃金從靈現出實體。

「——哼，這種結局真是讓人掃興。」

Archer鮮紅色的雙眸露出藐視的眼神，用腳尖頂了頂已死召主的臉龐。

「本來還你們期待會打上一場。瞧他這副傻不愣登的死相，一臉到最後都沒發覺自己有多愚蠢的表情。」

「因為靈體化的英靈在身邊守護著，也難怪他會大意吧。」

聽到綺禮的諷刺，Archer痛快大笑。

「這麼快就學會怎麼開玩笑了嗎？綺禮，你的進步神速，值得嘉獎。」

綺禮用嚴肅的態度，再一次對Archer問道：

「你真的沒有意見嗎？英雄王基爾加梅修。」

「只要你不會讓本王覺得無趣的話……不然本王照樣也會捨棄你，綺禮。就像躺在這裡的屍首一樣。需要做好心理準備的人應該是你。」

即使問題又被丟回來，綺禮只是面不改色地點點頭。

作為託付性命的夥伴，Archer的確是凶險異常的對象。就如同字面上的意思，這正是與惡魔打交道吧。他是一名與恩德忠義無緣，就連利害關係都難以揣測，任意妄為又殘暴的獨裁從靈。

但是——就是這樣才適合。

在過去，仁義與道德無法帶給綺禮任何答案。這名與此些價值觀完全無緣的英靈肯定會成為今後在戰爭中指引綺禮的路標。

綺禮捲起上臂袖子，露出刻印在手腕上的令咒，嚴肅地吟唱道：

「汝之身交付於吾，吾之命運交付於汝之劍。若願遵循聖杯之倚託，服從此理此意的話——」

「在此立誓，汝之供品將成為吾之血肉。言峰綺禮，本王的新召主……」

供應魔力的迴路接續成功。左手的令咒再度發生效用，伴隨著一陣悶痛，發出光澤。

契約結束。就在這一瞬間，爭奪聖杯的人選當中最強大也是最邪惡的一組人馬就在不為人知的情況下誕生了。

「來，綺禮。開始吧……在你的指揮下結束這場笑鬧劇。本王將會把聖杯賜給你作為獎賞。」

「我沒有意見。英雄王，你也盡量享受吧。在我得到想找的答案之前，我願意擔任小丑的角色。」

因為愉悅而熠熠生輝的血紅色眼眸與陷入感慨的深沉雙瞳彼此互相交換一致的共識。

-47：42：07

在早晨清爽的空氣中，衛宮切嗣佇立在深山町某一棟廢屋的門前。

這棟老屋雖然屋齡已經九十多年，但是沒有被拆除也從未改建過。因為在庭院裡還留著上個時代的倉庫，符合切嗣的要求，所以他買下來給愛莉斯菲爾當作備用根據地。這棟房子似乎有很複雜的背景故事，切嗣在訂契約的時候還差點與當地的暴力組織起衝突，但是一想到位於市郊的艾因茲柏恩城這麼早就被攻破，買下這棟房子絕對不是無謂的花費。

Saber 不在這裡，本來藉由令咒可以感覺到的從靈存在感現在不在附近。昨晚與遠坂的會面中打聽到 Rider 陣營的所在地，她可能已經動身前往了吧。切嗣也打算待會隨後跟上去。

只要打探到藏身地在何處，想要暗殺那個名叫韋伯的見習魔術師就容易了——不過這要等到 Saber 把敵方從靈引出來之後才行。昨天晚上遠坂時臣隻身從冬木教會回家的時候，切嗣雖然尾隨在後，但最終還是沒能下手。因為他不知道 Archer 是不是正在哪兒監視著，這種情形下襲擊召主根本就是自殺。

雖然已經找到目標確切的位置，但是切嗣並沒有馬上趕往那裡，而是先到這棟廢屋走了一趟。

這不只是出自於直覺，而是藉由諸多要素所導出的一種預測……這可能是他最後一次與妻子交談的機會了。

切嗣並沒有受到私情影響，反而完全相反。現在已經有三名從靈淘汰，他非常明白身為「聖杯外殼」的愛莉斯菲爾此時情況如何。如果他了解自己內心的弱點，就不應該到這裡來。

對切嗣來說，此時與妻子見面是考驗也是一種懲罰。

看著過去心愛的女性成為自己所追求的聖杯之祭品，逐漸衰弱而死——面對這樣的情況，如果自己還是不為所動的話……

屆時衛宮切嗣就沒什麼好怕的了，之後他可以排除一切糾葛與感情，宛如一部精密的機械般親手掌握聖杯。

說起來，這就是對身為戰鬥機械的自己所進行的最後一道強度測試。

如果他的意志承受不住而潰散的話……那就代表衛宮切嗣這個男人與他懷抱的理想也不過如此爾爾。

切嗣走過荒蕪的庭園，來到倉庫門前，用預先決定好的暗號扣門。舞彌很快就從裡面推開厚重的鐵門，探出頭來。

兩人還沒開口說話，切嗣就已經發覺舞彌的變化了。

平時她只關心各種與任務有關的必要因素，眼神總是冷酷而空洞。但是今天她的眼中卻帶著一絲緊張與急迫，好像看到切嗣出現在這裡讓她覺得很慌張。

「……你要見夫人嗎？」

看到切嗣默默點頭，舞彌低下頭，似乎有些怨懟。

「她現在的狀況……」

「我知道，我早就已經有所覺悟了。」

切嗣知道他會在這間倉庫裡看到什麼，但他還是來了——舞彌明白了這一點，沒再多說些什麼，讓路給切嗣進去之後與他擦身而過，走出倉庫外。

她可能是顧慮到夫妻兩人，認為不應該在他們兩人見面的時候留在現場吧。這層顧慮其實不像舞彌平時的作風。雖然時間不長，但是在與愛莉斯菲爾相處的這段日子裡，她或許已經對愛莉斯菲爾產生了一些感情——就像九年前的切嗣那樣。

昏暗倉庫的一隅，美麗的睡美人正躺在魔力靜靜鼓動的魔法陣當中。她的模樣讓切嗣有一股似曾相識的感覺。

兩人第一次邂逅的時候也是這樣。亞哈特老人帶著切嗣來到艾因茲柏恩工房的最深處，讓切嗣看沉睡在羊水槽中的她。

切嗣還記得那時候他覺得很不可思議——因為聖杯的外殼，為什麼要給予只有短短九年壽命的**裝置**如此驚為天人的美麗外貌。

這玩意兒就是聖杯嗎？切嗣開口詢問身旁的老魔術師時，正在沉睡的她張開了眼睛。隔著輕搖擺動的羊水看到那雙眼眸，切嗣被那雙無比深邃的紅色眼眸深深吸引。那一瞬間至今仍然烙印在他的心中，宛如昨日般鮮明。

正好就和那時候一樣……

就在切嗣的注視之下，愛莉斯菲爾張開眼睛，然後柔柔一笑。

「啊——是切嗣……」

她伸出來的手好像是想抓住滿天雲霞般搖擺不定，用指尖輕觸切嗣的臉頰。冰冷手指的輕微顫抖明白地告訴切嗣——就連這種簡單的動作對她來說都已經極為困難。

「——這不是在作夢吧。你真的……真的來看我了嗎……」

「是啊，我來了。」

開口說話比想像中還要容易。以前切嗣擊落娜塔莉亞的時候也是這樣，不管是指尖或是說話都不受到任何影響。不管心中再怎麼絞痛、情感再怎麼破碎，他的雙手都會徹底完成所託付的使命。

這時候切嗣確信自己一定能贏。

現在的衛宮切嗣狀態極佳，機能信賴性保證萬無一失。

其實打從一開始，他根本不用要求自己要有作為一個人的堅強心智。因為不他管再怎麼迷惑痛苦，這種程式錯誤都不會對硬體造成任何影響。完成目的意識的系統利用其他驅動程式正順暢地運作著。

切嗣再次了解到——身為一個正常人，自己崩壞得如此厲害，所以他才能成為一部完美無瑕的機械裝置。

「我覺得……很幸福喔……」

愛莉斯溫柔地撫摸無血無淚的男人臉頰，柔聲對他說道。

「墜入愛河……被你所愛……與丈夫和女兒……過了九年……你給了我一切……給了我作夢也想不到……這世上所有的幸福……」

「……對不起，有很多承諾我無法實現。」

在常冬之城中，切嗣曾經告訴愛莉斯菲爾外面的世界有些什麼。他告訴她百花絢爛的繽紛、藍海的波光粼粼。

切嗣曾經發過誓要帶愛莉斯菲爾到城外，讓她見識這所有的一切。

現在回想起來，那真是不負責任的約定。

「沒關係，這些都不重要了。」

愛莉斯菲爾沒有責怪切嗣無法實現約定，微笑道：

「如果有什麼幸福是我沒能得到的話……就把那些全部給伊莉雅吧，送給你的女兒——我們最寶貝的伊莉雅。」

雖然毀滅就近在眼前，愛莉斯菲爾卻還能面露安寧的微笑。此時切嗣終於理解她的這份堅強究竟從何而來。

「將來請你帶伊莉雅到這個國家來。」

當母親把一切希望寄託在孩子身上的時候，她將一無所懼。

因為這個原因，所以她才能露出笑容，毫不畏懼地一步步踏上自己的末路。

「讓那孩子看看所有一切……我沒機會看到的事物。櫻樹的花朵、夏天的白雲……」

「我知道了。」

切嗣頷首。

對於追求聖杯的機器來說，這些約定是不必要的舉動，根本毫無意義。

所以他才要以一個常人的身分點頭回應。

親手取得聖杯，成就拯救世界的偉願。在那之後……完成使命的機械將會再度恢復為人類吧。

到那時候他才終於可以為了思念妻子而哭泣。這次他總算可以以父親的身分全心全意去疼愛女兒。

這些都在不久的將來，就在幾天之內將會來臨的結局之後。

只是還不是現在。如此而已。

「要把這個……還給你……才行。」

愛莉斯菲爾顫抖的手放在自己的胸口上，把全部力氣聚集在手指尖，將身上所有魔力施展出來。

她一無所有的手心突然綻放出金黃色的光芒，溫暖地照亮昏暗的倉庫。

「……！」

就在切嗣屏息注視之下，光芒逐漸改變形狀，形成輪廓。最後終於呈現出閃閃發亮的金屬質感，握在她的手中。

那是金黃色的劍鞘。

「愛莉……」

「今後……需要這東西的人……是你。當你面對最後一戰的時候……一定派得上……用場。」

愛莉斯菲爾說話的聲音比之前更加萎靡無力。

這是當然。『脫俗絕世的理想鄉(Avalon)』是在緊要關頭阻止愛莉斯菲爾繼續崩潰的最後護符。這件如同奇蹟般的寶具本來是以一種概念武裝的形式封存在她的體內，現在被她親手分離出來。

「我……不要緊。有舞彌小姐……保護我……」

「……好吧。」

只要冷靜地想一想。

『脫俗絕世的理想鄉』原本是屬於Saber的寶具，需要有從靈的魔力供給才能發揮功效。愛莉斯菲爾之後根本不可能再與Saber一起上前線作戰，就算給她配戴也沒有什麼戰略價值。

就算多多少少能夠減緩她的崩壞，也只是杯水車薪的程度而已。

現在的切嗣可以正確，而且冷靜地做出這種判斷。

切嗣接過愛莉斯菲爾交出來的黃金劍鞘。將妻子衰弱至極的身體輕放在冰冷的地板上，站起身來。

「那我走了。」

「嗯——路上小心，老公。」

道別的話語簡短而樸素。

衛宮切嗣就這樣帶著乾冷的眼神離開妻子休息的寢室。

舞彌正在外頭百無聊賴地等著，看見走出倉庫的切嗣，讓她靜靜地屏住呼吸。

一部分原因是因為她察覺切嗣手上拿的光輝寶具是什麼，立刻便明白這件寶具為什麼現在會交到切嗣的手中。但是真正讓她驚訝的是切嗣本人的表情變化。

「今天之內我會收拾掉 Rider 的召主。Saber 已經先出發了吧。」

「……是的，就在今天早上你過來之前不久。」

「很好——舞彌，請妳繼續保護愛莉的安全。」

「我明白……呃，切嗣？」

舞彌猶豫不定的聲音叫住踩著堅定的步伐，正要走出門口的師長。

「什麼事？」

切嗣沒有轉過身，只有回頭問道。舞彌看著他的眼眸，好一陣子之後才淺淺地嘆了一口氣低下頭來。

「過去的你……終於回來了。」

「……是嗎？」

切嗣低低應了一聲，沒有任何反應，就這麼轉過頭走出門去。

-47:39:59

這一天平靜得好像在做夢一樣。一天過去之後，韋伯終於確信現在這個狀況背後代表著什麼意義。

他一大早就爬起來，告訴老夫婦今天晚上會晚歸，連早餐也沒吃就直接前往新都。時間尚早，還不到交通尖峰時刻。不過從冬木到鄰鎮通勤的人好像也不少，前往車站的公車早已經人滿為患了。

雖然韋伯還不習慣像這樣人擠人，但是就連這種喧鬧聲都讓他感到安寧，安寧到甚至覺得有些空虛。

這幾天他身邊一直有一道若即若離的強大存在感，和那種吵鬧、過動與煩人的感覺一比——現在就好像被孤零零地拋棄在祭典活動過後的空地一樣。

Rider的氣息當然還存在。就像現在搭乘公車的時候，韋伯還是能夠感覺靈體化從靈的強悍存在感正從身旁傳來。

但是那位彪形大漢卻沒有現出實體。從前天晚上與Caster一戰之後，他就一直維持靈體的型態，沒有現身。

換做是其他從靈，這種狀況根本就是理所當然，沒什麼好奇怪的。因為只要不是戰鬥狀態就不用特地現出實體，耗費不必要的魔力。但是這種想法獨獨不適用於伊斯坎達爾身上，再說他追求聖杯的目的就只是想要得到肉身而已。

如果只有幾個小時沒現身的話，韋伯還能當作他偶然心血來潮。但是一整天都沒出現就明顯有問題了。那個 Rider 會毫無來由地減少現身頻率的理由——韋伯心中是有一點頭緒。

就算在靈體狀態之下，身為召主的人還是可以與從靈對話。只要韋伯開口叫喚，Rider 也一定會馬上回應，但是韋伯現在卻不願意這麼做。既然已經大略猜到 Rider 會怎麼回答，在他準備好可以應付 Rider 的回答之前，他還不想和 Rider 說話。

為此，韋伯一大早就開始採買東西。

首先他前往才剛開門營業的百貨公司，在販賣戶外用品的賣場買下一整套登山用的厚重睡袋與保溫墊。雖然所費不貲，但是與 Rider 買的遊戲機比起來還算小意思。

讓他火大的反而是藥局專櫃上陳列的營養飲料與暖暖包的價格，真是便宜到不行。如果想要以魔術師的方式用現有的藥品製作出具有同樣效果的道具，顯然得花上數十倍的費用。韋伯感到自己身為魔術師的自尊大受打擊，一氣之下不小心多買了許多。

韋伯再次體認到生活在現代是多麼地無趣。如果出生時代不同的話，光是他習有魔術這一點就會讓眾人感到敬佩或是恐懼了吧。為什麼自己不是生在那種年代，而是出生在懷爐暖暖包便利價十包四百日元，日子這麼難過的地方呢？

總而言之，韋伯把該買的東西買一買後哪兒都沒去，直接回到深山町。坐過距離麥肯吉家最近車站兩站之後，在目的地附近的地點下車。他在路邊看到的便利商店買了一個鰻魚蛋花便當，用微波爐加熱。因為不想冷掉之後吃，所以接下來就是盡快趕到目的地去。

其實韋伯一直很想趕快問 Rider 究竟情況如何，他的從靈無故不肯現身讓他覺得非常不高興。如果韋伯不夠細心，更加漫不經心的話，可能早在半天前他就已經開口逼問，然後深刻體會到一件事——身為魔術師的自己竟是這麼地不成熟、這麼地軟弱，以及 Rider 故意保持沉默，不提起這些事情的用心。

他絕對不願意把自己搞得這麼難堪，再說光是讓從靈擔這種不必要的心就已經夠丟臉了。

自己的確是軟弱又無能，但他還是不願意主動承認。如果詳實做好準備的話，就不會讓 Rider 看到短處，他可以挺起胸膛大聲說我明白自己有多少斤兩，而且已經做足了萬全的準備，一定能獲得最好的成果。韋伯就是因為這麼想，面對 Rider 的沉默才會硬著脾氣一直默不吭聲。

他終於穿過住宅區，來到一片當做綠地公園使用而沒有被開發的雜木林當中。樹林間連散步步道都沒有。韋伯不斷往內走，腳步沒有一絲遲疑。雖然晚上和白天看起來印象差很多，不過對韋伯來說，這裡也算是他已經熟悉的地方。

韋伯終於到達目的地後，立刻四處查看，確認各處要點都沒有問題才放心吁了一口氣。他馬上就在堆滿落葉的地面鋪上保溫墊，開始大啖從便利商店買來的便當。微波爐加熱過的便當早就已經冷掉，吃起來根本沒有什麼味道，不過這時候也無所謂了。總之現在最重要的事情就是多攝取一些熱量。

『——那東西好吃嗎？』

經過整整一天一夜，Rider 終於出聲了。讓韋伯驚訝的是明明還是靈體而已，他開口第一件關心事情的竟然是食慾。

「不，難吃死了。日本的飲食文化也不過如此而已。」

聽到韋伯臭著臉這麼回答後，保持靈體型態的 Rider 大嘆一口氣，聽起來好像很哀怨似的。

『小子，你剛才在新都從『大阪燒・鍾馗』的店門口走過去，連看都沒看一眼對不對？那裡的摩登燒可是絕品啊，真是可惜了……』

「如果你還想吃的話，那就趕快復原到可以現身的程度吧。」

『……』

這陣沉默讓人覺得莫名地尷尬。不過韋伯現在還算遊刃有餘，年少的見習魔術師頂著一張撲克臉，迅速把鰻魚蛋花便當扒進嘴裡，繼續說道：

「你應該知道這裡是哪裡吧，這裡就是召喚你的地方。雖然靈格稱不上是最好，但也還不錯。而且那天晚上的魔法陣也還沒解除。對你來說，整個冬木最適合你的靈脈就是這裡對吧？復原的效率應該也會更高才對。」

本來在前天晚上的時候，韋伯就應該要注意到才對。連續兩個晚上使用『王之軍勢(Ionian Hetairoi)』這種強悍的寶具，怎麼可能一點代價都沒有。

就算這項大魔術是從其他英靈身上收集魔力，但是展開那麼大的固有結界並且加以維持的負擔想必非同小可。再加上對抗 Caster 的時候，Rider 自己也在結界中戰鬥，打得一身是傷。

這份消耗對 Rider 來說極為沉重，重到讓他不得不放棄之前如此堅持的實體化，專心休養。

「我今天一整天都會待在這裡睡覺，什麼都不做。只要我不死，你要多少魔力都盡量拿去。這樣的話你也會稍微好過一點吧。」

Rider 的靈體似乎支吾了一會兒，終於發出無精打采的苦笑。

『……哈哈哈，既然發現了一開始就說出來嘛。事後才知道早就已經被看穿……該怎麼說……嗯，實在有點不好意思哪。』

「笨蛋！應該早點坦白的人是你！萬一遇到什麼情況你又不能活動的話，倒楣的可是我啊！」

韋伯心中重新湧起一股怒氣。Rider 傻傻地說什麼「不好意思」讓他無法控制自己的火氣，要為了自身無力而感到羞愧的人應該是韋伯才對。

Rider 的魔力為什麼會降低到需要減少實體化的地步，原因用膝蓋想都知道——因為韋伯這個召主的魔力供應量完全跟不上 Rider 恢復所需要的魔力消耗量。

這件事當然丟臉。這等於證明了自己是一名軟弱無力的二流魔術師，不配帶領像 Rider 這麼強大的從靈。他覺得很懊悔，也很羞恥。但是韋伯個人特有的心境讓他更感到憤怒。

無法正確掌握手下從靈的狀況，韋伯自己確實也有不對的地方，但是千錯萬錯都是因為 Rider 自己不肯老實說出來。魔力不夠的話就應該直接講出來，如果他像平常一樣狠狠巴韋伯的腦袋，肆無忌憚地開口要求的話，韋伯也能下定決心或者先做好一點什麼準備吧。

吃完便當，韋伯小心注意不要打出油膩膩的飽嗝來，接著一邊將營養飲料一瓶瓶喝光，一邊開口問身邊的靈體：

「……為什麼一直瞞著不說？」

『沒什麼啦，因為朕本來還以為可以再撐一撐。河岸戰鬥的消耗比想像中還要沉重哪。』

這是當然的。Rider 為了阻止 Caster 召喚來的海魔登陸，一直維持『王之軍勢』的結界直到超過極限。就算他再厲害，這也實在是太亂來了。那時候與其顧慮與 Saber 等人之間的同盟關係，韋伯應該多放些心思在自己的從靈身上才對。

「到頭來，你的王牌其實會耗掉相當大量的魔力，對吧？」

『也不會。魔術規模雖然龐大，但是所需的燃料消耗並沒有那麼多。因為軍隊那群人哪，與其說朕叫來的，還不如說是他們自己主動集合過來，傾盡全力維持結界。朕只要依靠他們出力就可以了。』

「你唬誰啊。像那種大到誇張的大型魔術，光是發動就已經很不得了了。就這一點來說，最初發出號令的只有你一個人，光是要呼喚那群在『英靈之座』的人就會用掉大量魔力對吧。」

『……』

「一開始我也沒注意到。就想你說的，我之前也以為那寶具的效率還真好。因為最初打倒那群 Assassin 的時候，你從我的魔術迴路抽走的魔力量怎麼想都實在太少了。」

就是因為這樣，韋伯先前才會誤判『王之軍勢』的魔力消耗。韋伯每每想起自己竟然這麼傻傻地信以為真就覺得生氣。如果回到魔術就是等價交換的大原則上來看，那種超出一般規模的大型魔術怎麼可能隨意發動。韋伯早該注意到自己的從靈是一個無藥可救的大笨蛋。

因為喝了太多精力劑，韋伯現在覺得胸口一陣氣悶，很想吐。他勉強忍耐著反胃的感覺，把睡袋在保溫墊上鋪好，脫下鞋子鑽了進去。

「Rider，你其實是調用自身貯藏的魔力來填補原本我要負擔的魔力吧。而且還兩次作出這種不經大腦的事情……你究竟在想什麼？」

『因為……這個嘛……』

Rider 似乎覺得很難啟齒，猶豫了很久之後，嘆口氣說道：

『老實說，朕身為從靈可是真正的噬魂鬼。如果在魔力消耗全開的時候把小子你也牽連進來的話，那時候可能會危害到你的小命哪。』

「就是那樣我也無所謂。」

韋伯因為煩惱而神情沉重的雙眼直直盯著地上，低聲說道：

「我不要只是坐著等你拿聖杯給我。這是我開啟的戰爭，如果我不流血不犧牲，不付出代價贏取勝利的話就一點意義都沒有了。」

之前在新都溜達的時候，韋伯的戰鬥意義被 Rider 一笑置之，但是韋伯仍然無法完全放下，也無法完全拋棄。就算別人再怎麼嘲笑這個理由小家子氣，在他的心中還是有自己不能妥協的堅持。

「我才不管聖杯要怎麼用！我根本不在乎之後的事情，我只是想要證明、只是想要確認而已！我這種人──就算是我這種人，也可以用自己的雙手抓住點什麼東西！」

『──可是小子，你這個夢想的前提是**如果聖杯真的存在**吧？』

Rider 意外的一句話讓韋伯吃了一驚，好一陣子說不出話來。

「……咦？」

『雖然每個人都殺紅了眼。但是現在根本沒有證據顯示那個冬木聖杯是貨真價實的真品，不是嗎？』

韋伯雖然不曉得對方在想什麼，怎麼到現在還說這種話，但是他確實無從否定這個疑問，總之只能先點頭了。

「你說的是沒錯，可是……」

『朕以前也曾經為了追求這種「連存不存在都不知道的東西」奮戰過。』

不知為何，Rider 表白的話語既哀愁又冷漠，完全沒有平時的爽朗霸氣。

『要讓世人見識世界盡頭之海——朕從前打著這種旗號，在世界各地鬧了又鬧，害死了不少聽信朕而跟來的傻瓜。他們每一個人都是痛快的笨蛋哪，就是那些人最先開始力竭倒下的。一直到最後一刻，他們心裡還在夢想著朕所說的世界盡頭之海。』

「……」

『最後多虧有些機靈的人懷疑朕，東方遠征因此破局。不過那麼做才是正確的，要是再那樣繼續下去的話，朕的軍隊就會全軍覆沒，哪兒都去不成了。

當朕得到這個時代的知識時……是很難受啦。沒想到大地竟然是一個封閉的圓球，世上還有比這更惡劣的玩笑嗎？但是就算再不甘心，一看到地圖朕也只能接受了。世界盡頭之海根本不存在，朕的夢想只不過是妄想而已。』

「喂，Rider……」

就算他說的是真相。

對韋伯來說，他最不願意聽到這種話竟然從伊斯坎達爾本人的口中說出來。

既然在心中描繪著如此強烈、如此勇敢進取的風景——為什麼這個男人到了現在還用這麼達觀的口吻否定自己長久以來的夢想呢？

韋伯正要開口回嘴，話語卻在喉嚨消弭殆盡。

只要出言反駁 Rider，就會讓 Rider 知道自己曾經和他看過同一場夢，讓他知道自己曾經擅自踏進他的內心。這件事關連到韋伯的自尊，他絕不能說出來。

『朕已經不希望害其他人因為這種空穴來風的傳聞喪命了。如果真的知道聖杯在哪裡，朕也願意回報你想要賭命一搏的志氣……可惜現在還不能確定，說不定真相背後還藏著意想不到的背叛，就像這個圓形的大地一樣。』

「但是我……好歹也算是你的召主啊。」

雖然韋伯鼓起性子如此反駁道，但是另一方面在他的內心深處卻對這樣的自己感到無奈而失笑。

明明連正常的供應魔力都辦不到，還說什麼大話。

明明連從靈打腫臉充胖子，勉力作戰的行為都無法識破，還有什麼好說。

但是不論韋伯心中在想什麼，靈體化的 Rider 依然只是以他平時豪邁的嗓音大笑不止。

『小子，你也愈來愈會說話了嘛！嗯，魔術迴路的運轉確實比平時更加順暢，加上從地脈吸收的魔力，只要把白天的時間全部拿來休息，晚上應該就可以再大鬧一場了。』

韋伯自己也感覺到有很多魔力經由迴路被 Rider 吸去。剛才胸口的苦悶已經完全消退，現在他反而覺得非常疲勞，連動一動手指頭都懶。雖然沒有流汗，但是渾身無力，就連想要撐著眼皮不要掉下來都很不容易。

「……大鬧一場？這次你又想幹什麼好事了？」

『嗯，這個嘛……今天晚上乾脆就去找 Saber 那傢伙比劃兩招。我們再去進攻那座森林裡的城堡吧。』

「你該不會又一隻手抱著個酒桶去耍人家吧。」

『那當然。朕和她之間該說的話都已經說完了，接下來就只是動兵刃而已。』

Rider 的語氣輕鬆，但是在他的聲音當中卻隱含著凶猛的氣勢。雖然挑戰 Saber 的決定看似輕率，但是 Rider 自己也很清楚 Saber 是不可小覷的強敵。看起來他已經有了心理準備，這場戰鬥將會是一場慘烈的激戰。

「……依照現在的狀況，到晚上你能恢復幾成？」

『這個嘛……只是大略的估計啦，使用『神威的車輪（Gordias Wheel）』的話，如果力量全開當然有點危險，如果只是衝刺的話應該沒有問題吧。』

靈體的 Rider 頓了一會兒，好像在想些什麼，然後嘆口氣繼續說道：

『可是『王之軍勢』——大概只能再發動一次。』

「是嗎……」

說起來這也是理所當然的。他應該覺得很慶幸，至少手中還能留有這張王牌。

『使用的時機就是對抗 Archer 的戰鬥。那個金閃閃誇張的程度就連朕也只能以這張王牌應付。所以其他敵人就只能用戰車來對抗了。』

戰略上是很正確。但是如此一來又有一個疑問在韋伯心中浮現。

「既然這樣……Rider，你又何必特地跑去找 Saber 作戰？」

『嗯？』

「因為你不是已經說了一些話，不太把她放在眼裡不是嗎？既然已經沒有多餘的戰力，今後就應該減少戰鬥的次數才對。

Archer 他……你都已經擅自和他做了奇怪的約定，事到如今也無法避免了。但是 Saber 可以讓其他從靈與她對戰，等她淘汰出局啊。」

韋伯正經八百的提案卻換來一陣無力的失笑聲。

『喂喂，小子。如果現在朕有手指的話，早就在你額頭上來一下了。』

「什，什麼啦！我只是在說一件很一般的戰略啊！」

如果 Rider 有實體的話，韋伯現在早就已經遮住額頭了。但是他還是靈體狀態，矮個子魔術師才能大著膽子說話。

『朕一定要親自打倒 Saber 那小傢伙才行。與她同為英靈，這是朕的義務。』

「……那是什麼意思？」

『那個傻女孩，如果朕不正確地教訓她一番的話，她永遠都會走在錯誤的道路上，那樣實在太可憐了。』

韋伯完全不明白Rider說的話是什麼意思。總之他只知道這個判斷一定就像每次那樣，與聖杯戰爭無關，而是征服王有他自己的想法與動機吧。

自己是否應該站在召主的立場阻止Rider這種多餘的思考——不過實際上韋伯心裡也沒樂觀到認為一定可以迴避與Saber之間的決鬥。Saber這名從靈的性能實在太強，不太可能等得到旁人打倒她。Archer這個對手雖然似乎比Saber更厲害，但是就韋伯看來，他認為那名神祕的黃金從靈可能打算固守以等待敵人的數目減少，比Rider更早一步對上Saber的可能性很低。

如果Rider想要獲得最後的勝利，到頭來還是非常可能與Saber直接對決。

「……算了，就隨……你去鬧……吧……」

韋伯本來想要罵Rider兩句，結果話說到一半卻混了一聲呵欠，變得一點氣勢都沒有。他愈來愈難以抵擋睡魔的侵襲，硬邦邦的全新睡袋現在感覺起來就像是羽絨被一樣柔軟暖和。

『好了好了，小子，你就別再硬撐，快睡吧。對現在的你來說，睡眠才是戰鬥。』

「嗯……」

雖然韋伯還有好多話想說，還是等睡醒之後吧。和沒有身形的Rider說話雖然不用擔心挨打，讓他很放心，但是總覺得有一點怪怪的，好像少了什麼。而且更重要的是現在他已經連開口都好累好累，滿腦子就是想睡覺。

韋伯把自身交給這陣虛脫感，終於陷入深深的睡眠當中。

-37：02：47

當愛莉斯菲爾下一次張開眼睛的時候，從倉庫的採光小窗中已經射進染成橘紅色的夕陽了。

她的睡眠非常深沉，意識的斷絕讓她覺得今天一整天的時間好像完全不存在似的。這具身體已經漸漸喪失作用，肉體的休眠與其說是睡眠，其實更像是假死狀態。

身體狀況已經好很多了，看來休息似乎有一些效果。雖然她還是無法站起身，但是現在至少可以毫無問題地與人對話。

往旁邊一看，久宇舞彌就像是一幅影子畫像一樣安靜，動也不動地坐在牆邊角落。位置和姿勢與愛莉斯菲爾最後一次看到她的時候分毫不差。但是她總是低垂的視線就像是一柄出鞘的利刃般銳利，打起十二萬分精神，敏銳地注視著半空中。

雖然讓人覺得無比放心，但是舞彌這種模樣看起來實在不像活生生的人類，反而更像使魔或是機械人一般，就連愛莉斯菲爾都忍不住感到有些畏懼。究竟是何種嚴苛的鍛鍊與強韌的精神力才能維持這種驚人的集中力，她完全無法想像。

愛莉斯菲爾心中帶著一點敬畏，突然有個念頭——這名叫做久宇舞彌的女性說不定比衛宮切嗣本人更加徹底表現出他所期望的生存方式。

「——舞彌小姐。」

愛莉斯菲爾用有如歎息的聲音輕喚。舞彌就像是聽見狗笛的獵犬一般，迅速而安靜地注視著她。愛莉斯菲爾覺得有些過意不去，她只是想要和舞彌隨便說說閒話而已。

「妳為什麼要為了切嗣戰鬥呢？」

「……因為除此之外，我一無所有。」

舞彌得知她守護的對象沒有覺得哪裡不舒服或是有任何不便，只是想要說說話而已。稍微讓自己放輕鬆一些，靜靜想了一會兒之後回答道。

「我想不起來關於家人的事情，就連自己的名字都不記得了。久宇舞彌這個名字是切嗣為我做的第一本假護照上用的姓名。」

「——咦？」

看到愛莉斯菲爾吃驚的表情，舞彌的嘴角微微露出笑意。對於喜怒絕對不形於色的她來說，這已經是她最大程度的友善表現了。

「我只記得那是一個非常貧困的國家，沒有希望也沒有未來，只能靠著彼此憎恨、互相掠奪的方式獲得生存所需的食糧。

那裡總是有打不完的戰爭，明明連維持軍隊的資金都沒有，但是雙方還是天天持續彼此征殺……就在這時候，有人想到一個主意。與其徵招軍人訓練，抓小孩子來讓他們拿槍還更經濟實惠。」

「……」

「所以我只記得自己拿到槍以後的事情。因為精神方面已經老早像那樣先壞掉了，但是這樣性命才能長久。瞄準敵人，扣下扳機。除了這些機能，其他全數捨棄……做不到這一點的孩子會比做得到的孩子更早死，而我只是偶然活到遇見切嗣的那一天而已。」

舞彌一邊說，一邊低頭看著自己的雙手。細長的手指沒有女性特有的柔美，只有讓人聯想到銳利凶器的剛強。

「我身為一個人的心靈已經死了，只有外在的肉體還在活動，還維持從前熟悉的機能。那就是我的『生命』。撿到這條生命的人是切嗣，所以可以任由他使用……這就是我為什麼在這裡的理由。」

雖然愛莉斯菲爾早就已經隱隱察覺到舞彌過去的經歷絕對不甚幸福，但是聽她娓娓道來的過去卻遠遠超出愛莉斯菲爾的想像。

看到愛莉斯菲爾無言以對，陷入沉默當中，這次換舞彌為了避免場面尷尬，對愛莉斯菲爾說道：

「倒是夫人……我才對妳的熱情感到驚訝呢。」

「——咦？」

愛莉斯菲爾沒想到舞彌竟然會把話頭接下去，感到有些訝異。

「妳一直被關在出生長大的城堡裡，在完全不知道外界的情況下生活度日。沒想到像這樣的妳竟然會為了切嗣想要改變世界而那麼努力奮戰……」

「我——」

舞彌的這番話讓愛莉斯菲爾重新反思自己。

自己的丈夫衛宮切嗣是基於「拯救世界」的理想而行動的。親眼看到他為了追求聖杯不顧性命的模樣，她現在還能說自己懷抱與他完全相同的夢想嗎？

「——實際上，我不是很了解切嗣的理想是什麼樣的東西。」

沒錯。答案是——否定的。

「結果或許我只是裝出一副瞭解的樣子罷了，或許我只是想要和心愛的人並肩共行。就像妳所說的，我對切嗣想要改變的這個世界完全不了解。我心中的理想從頭到尾都只是來自切嗣的現學現賣而已。」

「……是這樣嗎？」

「是啊，但是不可以告訴切嗣喔。」

對愛莉斯菲爾來說，這真是不可思議的感覺。沒想到竟然會有一個人可以讓她輕易說出在丈夫面前都絕對不能表明的內心話。

「我總是告訴切嗣他的所作所為是正確的，說他的理想擁有讓我奉獻生命的價值，就這樣一直假扮知音的角色。比起一個只是為了丈夫而死的女性——如果是與丈夫有同樣的夢想，為夢想而死的女性，對切嗣來說比較不會造成負擔，不是嗎？」

「原來如此。」

這種依賴的感覺與愛莉斯菲爾對切嗣的愛情與對 Saber 的信賴不同，這種她第一次體會的感受會不會就是稱為「友情」的感情呢。

「那麼夫人，妳的意思是說妳沒有屬於自己的願望嗎？」

聽到舞彌第二個問題，這次愛莉斯菲爾回想起與舞彌共同打過的森林之戰，那時候她們面對言峰綺禮壓倒性的強大力量，驅使愛莉斯菲爾行動的鬥志究竟是來自何處？

「願望……不，我的確是有願望的。我希望切嗣與 Saber 獲得最後的勝利，我希望他們兩人拿到聖杯。」

那同時也代表著愛莉斯菲爾的死亡、與切嗣的訣別。

即便如此，這股希望正是從內在驅策愛莉斯菲爾的動力泉源。

「妳的意思是……艾因茲柏恩家希望完成第三魔法的宿願嗎？」

「不是，就算沒有完成羽斯緹薩的大聖杯也沒關係。我的希望是終結戰爭，如果世界的構造依照切嗣的期望改變，弭平所有爭鬥的話，那麼在冬木追尋聖杯的戰爭應該也不例外吧。

我真心希望讓這場第四次戰鬥成為最後一次聖杯戰爭。我不想讓更多人造生命體為了聖杯的容器犧牲了。」

舞彌此時半直覺地察覺愛莉斯菲爾心中真正的想法。

「……妳是說……令千金嗎？」

「是的。」

伊莉雅斯菲爾・馮・艾因茲柏恩。她是由人造生命體的母胎接受魔術師的精子而誕生出來的集合煉金魔術之大成。雖然舞彌沒有當面見過伊莉雅，但是也聽說過她的事情。

「我聽說根據大老爺的計畫，在我之後成為『聖杯守護者』的人造生命體機能會更加優秀。他的構想不是單純只把聖杯隱藏在體內，而是將新增的魔術迴路裝在肉體外，讓肉體本身發揮『聖杯容器』的機能。

大老爺早在這場「第四次戰爭」開始之前就已經預料到可能會發生「第五次」，所以才會讓我生下伊莉雅。如果我和切嗣失敗的話，到時候那孩子就會被拿來當作『天衣』的實驗品，用來培育六十年後真正的王牌。」

愛莉斯菲爾原本冷靜的語調此時開始帶有一些柔情。

這就是愛莉斯菲爾這個人絕對不只是以一具人偶的身分活著的證據。她有心，疼愛他人，幸福的時候會微笑、悲傷的時候會流淚。愛莉斯菲爾與一般人一樣在心中懷有這種平凡無奇的溫暖。

「我抱著那孩子，為她哺乳……但是我很清楚，**這東西**終究只不過是『容器』的零件罷了。一位母親必須用這種方式放棄自己最親愛的孩子，這種心情妳能了解嗎？」

「……」

舞彌無言以對，默默地反覆思量愛莉斯菲爾流露出的感情。

「但是這就是艾因茲柏恩家的人造生命體被迫背負的宿命。那孩子也是、我的孫女也是，每一個人生下女兒的時候都會嘗到這種痛苦。這種連鎖將會持續不斷，直到冬木聖杯降靈的時刻。

所以我希望自己是最後一人，我想用我自己一個人的身體結束艾因茲柏恩的執念。如果這個願望實現的話，我的女兒就可以擺脫命運，那孩子可以過著與聖杯無關的生活，以人類的身分結束一生。」

「這就是身為母親的愛情嗎……」

聽到舞彌這麼問道，愛莉斯菲爾這才發覺自己已經吐露太多心聲，尷尬地苦笑道：

「可能是吧。舞彌小姐，妳無法想像這種心情嗎？」

「本來我是應該了解的吧。別看我這樣，我也曾經為人母。」

「──咦？」

這句話實在太出乎意料之外，愛莉斯菲爾懷疑自己的耳朵是不是聽錯了。嚇到愛莉斯菲爾似乎讓舞彌覺得很抱歉，她放緩語氣繼續說道：

「妳可能覺得很意外，事實上我曾經生過孩子。」

「……妳結過婚嗎？」

「不，就連父親是誰都不知道。因為戰場上，我們這些女孩子每天晚上都在兵營被大人們輪暴。不曉得是在幾歲的時候……總之初潮之後不久我就懷有身孕了。我甚至沒有機會替孩子取名字，也不曉得他現在是不是還活著。就算還沒死，此時那孩子也一定正在戰場上繼續殺戮吧。因為在軍營裡，長大到五歲的小孩就會讓他們拿槍。」

「怎麼會這樣……」

曾經當過少年兵的女性所陳述的過去實在太過悽慘，就連身體已經衰弱不堪的愛莉斯菲爾都大受打擊。

「妳覺得很驚訝嗎？但是這種事在現今已經不稀奇了。最近全世界的游擊隊都知道把小孩子當作士兵使用的經濟效益，因為像我們這類的初期案例已經證明效果非常卓越。和我有過相同經驗的小孩子不但沒有減少，數量反而激增。」

隨著舞彌平靜地說著，她的眼神愈來愈冰冷，說話口氣已經沒有一點憤怒或是悲傷。在她回憶的景像裡根本沒有那些溫暖的感情，只有無盡的絕望而已。

「夫人，或許初次看見的世界讓妳覺得很美好，認為生活在那裡的人們都過得很幸福。但是如果是我的話，我反而羨慕妳生活在那座冬之城裡，從沒有出來過，不用看到這個世界的醜惡與恐怖……」

舞彌的感慨雖然不是在抱怨什麼，但是當她把這些想法說出口的時候，難免帶有一些責怪愛莉斯菲爾天真的意思。

舞彌自己之後可能也注意到這一點，搖搖頭好像是要否定先前所說的話，然後用更加堅決的話語收尾。

「如果真的可以讓這個世界改變成不同的模樣……如果是為了讓切嗣成就這項願望……不管用何種方式捨棄這條性命，我都無所謂。」

除了戰鬥之外一無所有。舞彌用這種方式形容自己，她的話語想必沒有一絲誇大，在她的心中沒有理想、沒有宿願，彷彿就像是被燒灼殆盡的焦土一樣，只有虛無的空洞。

她的內心世界雖然與切嗣完全相反，但是做為一名戰士，他們兩人之間又極為相似。這種矛盾讓愛莉斯菲爾胸口一陣酸楚。對切嗣來說，舞彌的存在是模範也是誡律吧。切嗣把她留在身邊，藉此封鎖自身的矛盾，讓自己成為冷酷無情的狩獵機械。

「切嗣完成理想之後，妳打算……怎麼辦？」

這是愛莉斯菲爾的問題第一次讓舞彌的視線因為迷惑而游移不定。

「——我沒有想過可以存活下來。就算真的保住一條命，我活著也已經沒有意義了。因為切嗣而改變的世界一定是一個不需要我的地方。」

只知道如何在戰火中生存的人在一個完全沒有戰爭的世界裡無容身之處。對舞彌來說，這種消極的念頭是很理所當然的結論。

這實在太過悲哀又讓人難以接受，愛莉斯菲爾忍不住脫口說出：

「沒有這種事。舞彌小姐，戰後妳還有必須完成的工作。」

「……」

愛莉斯菲爾正面接受女戰士疑惑的眼神，語氣堅定地說道：

「妳要去尋找才行。尋找妳真正的姓名與家人，還有妳孩子的消息。這些事情不應該被遺忘，妳一定要查個水落石出，深深記在心中才行。」

「是這樣嗎……」

舞彌與愛莉斯菲的熱情相反，語氣中帶著一絲質疑，依然冷漠。

「如果和平的時代真的到來，像我這種人的回憶就只不過是一場噩夢，只會平白撕開已經癒合的傷口，帶來痛苦而已。這麼做只是為難得降臨的理想世界帶來仇恨的種子罷了吧。」

「不是的。因為妳的人生不是一場夢，而是真實發生過的事實。把這一切埋藏在黑暗中所營造出來的和平才是充滿罪惡的欺瞞。

我是這樣想的，所謂真正和平的世界不光是一個可以遺忘痛苦的地方。如果人類真的能夠達到一個再也沒有苦難的世界，屆時才能真正學會為遺留在過去的痛苦與犧牲哀悼，不是嗎？」

「……」

舞彌沉默不語，看著愛莉斯菲爾好一陣子——然後稍微放鬆表情，點頭說道：

「這些話妳應該早點對切嗣說的，這樣他說不定會比現在好過一些。」

舞彌的感想為愛莉斯菲爾的心中同時帶來喜悅與寂寥。

逐漸衰弱的她可能——再也沒有機會與丈夫說話了。

「——舞彌小姐，那就由妳來告訴他。用我的這番話來安慰他。」

舞彌沒有點頭，只是曖昧地聳聳肩。

「我盡量就是了。不過這也是戰鬥結束之後的事情，現在的情況還不能大意，他和我目前都還不可以掉以輕心。」

這番回答雖然冷漠，但是愛莉斯菲爾還是從中感覺到舞彌個人的幽默感。一想到舞彌可能是想要用這種說話方式逗自己發笑，她就覺得舞彌很滑稽。

「妳這個人，實在是——」

就在這時候，一股強烈的搖晃撼動整間倉庫。

舞彌的雙手立即抱起愛莉斯菲爾因為受驚而縮起的肩膀。她瞬間進入備戰狀態，像利刃般鋒銳的眼神與右手端起的 Calico 衝鋒槍槍口一同指向鐵門，動也不動。

倉庫再次搖晃，這次厚重的鐵門明顯由外向內凹陷。有人正在用強大的力量撞門，這種誇張的行為如果不動用重型機具根本辦不到。但是對於參加聖杯戰爭的兩人而言，這並不值得驚訝——反而因為絕望而感到背脊發冷。

如果現在想要衝入倉庫的人是從靈，舞彌的武器根本不可能擋得住。可是她們也無路可退，面臨九死無一生的絕命危機。

但是在感到恐懼之前，兩人腦海中閃過的卻是難以置信的疑惑。

究竟是誰——用什麼方式查到這間倉庫……查到愛莉斯菲爾的藏身之處？

如果是使用使魔偵查或是千里眼探測的話，防禦結界應該會察覺才對。敵人事前完全沒有調查過就直接派出從靈的話，代表對方一定早就知道這間倉庫了。

第三次的劇烈震動。最先垮掉的不是鐵門，而是裝設鐵門鉸鏈的土牆。

破裂的灰泥碎片四散紛飛，鐵門朝倉庫內側倒下。橘紅色的夕陽將切成四方形的外界染成一片血紅。

站在外面直沖雲霄的巨大身軀正是騎兵從靈——征服王伊斯坎達爾的身影。

在絕望之下，舞彌緊握住手中 Calico 衝鋒槍的槍柄。

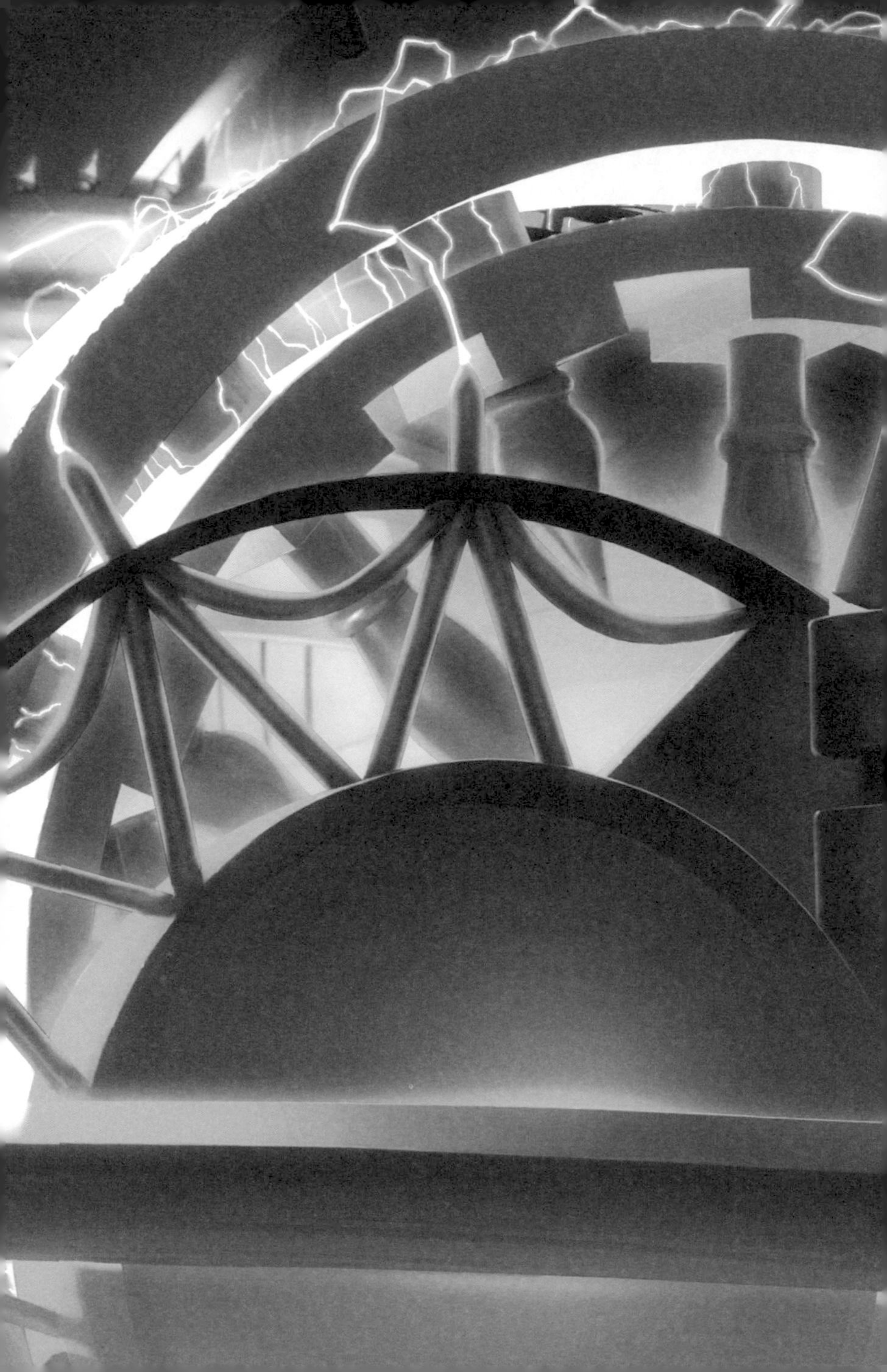

ACT.14

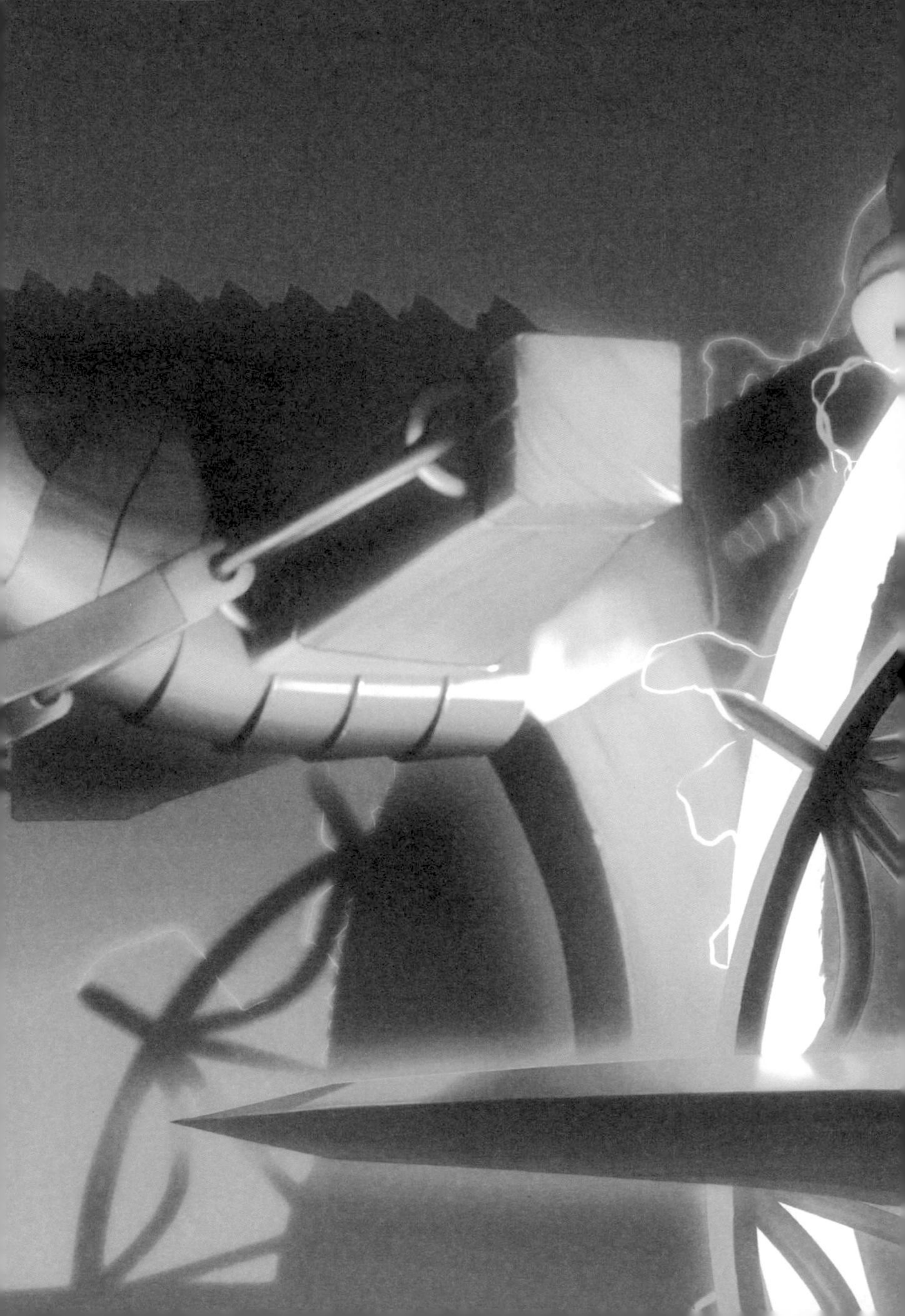

-37:02:20

黃昏降臨的時候，漠然的直覺告訴Saber今天守了一整天可能只是徒勞無功，讓她感到心浮氣躁。

Saber依照從Archer之主遠坂時臣那兒得到的情報，來到他所說的深山町地址。她的確在那裡找到麥肯吉老夫婦的住處，按了門鈴之後出來應門的老婦人也表示這幾天孫子和他的友人確實在這裡留宿。老婦人似乎也把Saber當成他們的朋友之一，對她沒有一點戒心，表現得很親切。

老婦人話語中描述的那兩個人百分之百就是Rider和他的召主，但是Saber卻完全感覺不到從靈的氣息。如果是這種大小的一般住宅，只要有從靈潛伏其中的話，就算從大門口應該也能察覺到才對。

聽說那兩人一早出門之後還沒回來，Saber雖然也懷疑他們可能用某種手段預先知道她的造訪而逃了出去，不過她不認為那個光明磊落的征服王會這麼沒膽量，他反而應該會正面接戰，一決雌雄。

結果Saber判斷這次撲空單純只是因為偶然，所以很客氣地辭別老婦人。她決定守在麥肯吉家不遠處監視，等Rider他們回來。

她當然沒有對迎接客人的老婦人說出真相。雖然這一家人受到韋伯・費爾維特的欺騙，不過他們只是毫無關係的一般人，沒道理把他們捲進聖杯戰爭裡。Rider一定也有顧慮到這一點分別。

先前Rider為了阻止Caster的暴行讓整個冬木市陷入危機，曾經把聖杯戰爭的事情拋到一邊，挺身而出。Saber認為那位征服王絕對不會喪失身為英靈應有的尊嚴，Rider回來只要一發現她，一定會希望挑選一個適合從靈對戰的場所之後再展開對決。

Saber很快就發現在路上徘徊實在太過惹人注目，於是坐在附近公車站的椅子上等候時機到來。她就這麼聚精會神地等了好幾個小時，直到現在。

雖然從這個位置無法直接監視老人的住宅，但是只要Rider一回來肯定會感覺到從靈的氣息，發現Saber就在這裡。到時候他想必不會選擇逃避或是偷襲，而會堂堂正正接受Saber的挑戰，指引她前往適合戰鬥的地點吧。

說也奇怪，Rider身為戰鬥代理人、身為一名從靈，Saber從來不曾懷疑過他的行事作風。雖然他的人生哲學確實與自己背道而馳，但是有一點無庸置疑的就是那名英靈凡事以不違自身「王者驕傲」為前提。只要光明正大地向他挑戰，Rider就絕對不會背叛自己，絕不會選擇有損自身尊嚴的戰略。

讓Saber感到不安的原因不是面前的敵人，而是來自於背後。

她的召主衛宮切嗣一定懷著與她完全不同的意圖，利用完全不同的方式緊盯Rider之主。就像現在Saber等著Rider的時候，說不定切嗣也正把她當作吸引Rider注意力的釣餌，從遠處監視吧——對，一定是這樣沒錯。切嗣一定看準了Rider傾盡全力與Saber戰鬥的時候就是暗殺召主的最佳時機，正在靜靜守候著。

一想到這裡，她的心就不斷往下沉。

如果切嗣索性對上Archer或是Berserker的召主，雙方魔術師一決勝負的話，她還能接受。Saber並不排斥不依賴從靈的力量，利用權謀算計來取得勝利。切嗣追求聖杯有他實際正當的理由，她可以了解切嗣千方百計想提高勝算，務求萬無一失的想法。

但是關於與征服王伊斯坎達爾之間的對決，Saber自己也有無論如何一定要堅持的底線。

Saber不願意以從靈這種爭奪聖杯的戰鬥機械身分與Rider對決，如果雙方不能拿出以自身榮耀為榮的英靈身分彼此競爭的話——前幾天的『聖杯問答』在Saber心中造成的陰影將會永遠盤桓不去。

伊斯坎達爾肆無忌憚地宣揚自己的暴虐王道，還以『王之軍勢』這種超乎想像的型態大肆誇耀。如果不能用同為騎士王理念表象的『應許勝利之劍』打倒他的話，阿爾特利亞的王道將會就這麼被他駁倒，永不翻身。

Rider的最終寶具是如此強大，每當Saber回想起來總是全身打顫。就算是用Saber力量最強的寶具也未必一定可以取勝。

Saber無法想像抗軍寶具與攻城寶具互相衝擊究竟會造成什麼樣的後果。如果是切嗣的話，他一定認為把勝負寄託在這麼危險的賭注上是一件愚不可及的可笑行為吧。但是對Saber來說，自身要有光明正當的理想才有資格拿取聖杯，既然有其他事物威脅到她身為一名王者的根本，她絕對無法容忍迴避這件事不管而去搶奪聖杯，一定要證明騎士王的王道更在征服王之上，聖杯才會選擇她。

所以如果切嗣在Saber與Rider的戰鬥中又像上次Lancer之戰那樣多做干涉的話，這次屬Saber的聖杯戰爭一定會就此崩潰瓦解，就算用這種方式獲得最後勝利，她也絕對無法伸手接下戰後送到自己面前的聖杯。

如果Rider再度展開固有結界，把他的召主也帶進結界裡進行戰鬥的話，就不用擔心有不必要的妨害。但是切嗣同樣也知道Rider手中的王牌，如果他在『王之軍勢』發動之前耍什麼伎倆的話……

Saber 弓著背坐在椅子上，緊緊咬住牙根。無法看穿衛宮切嗣如何行動讓她心神不寧；與強敵的對決在即，心思卻無法集中在戰鬥上也讓她感到焦慮不堪。

在這段伴隨著不安的等待時間裡，刺骨的寒冷北風不斷吹打在 Saber 身上。

× ×

正如 Saber 所擔心的，切嗣的確就在附近。

切嗣位在距離 Saber 約八百多公尺遠，隔了一塊街區的公有住宅地中某棟六樓公寓的樓頂。

國宅公寓的樓頂與一般雜居大樓不同，在設計概念上是不給居住者使用的，因此出入不易。相反地，一旦進駐的話幾乎不會受到任何打擾。只要藏身在水塔之後就不怕被樓下發現，正適合用來埋伏狙擊。

在這裡就連香菸的氣味都不會被其他人聞到，切嗣把香菸連同飲水與食物一同帶上來，可以毫無顧忌地大抽特抽，光是這一點他的精神負擔就比 Saber 來得少多了。

Walther 狙擊槍架設在雙腳架上，瞄準鏡正對著麥肯吉家的門口。

切嗣另外還準備了一支觀測手使用的瞄準鏡，坐在公車站的 Saber 如果有任何動作都能一目瞭然。

必須忙碌地交替觀看兩支瞄準鏡是有點麻煩，但是既然無法仰賴舞彌也只好認命。切嗣已經把保護愛麗斯菲爾的工作交給舞彌，直到最終局面之前都不能動用她。今後的「狩獵活動」只能靠切嗣獨自一人進行。

切嗣雖然比 Saber 還要晚才開始監視麥肯吉家，但是看到應該可以察覺從靈氣息的 Saber 毫無斬獲，只能白白枯等的樣子就知道 Rider 不在，這麼一來召主應該也一樣不在家。沒有哪個召主在這種情況下還有膽子留在家裡，要是發現敵方從靈開始在門前徘徊的時候應該就會趕緊呼叫 Rider 才對。

切嗣與 Saber 不同，狙殺對象不在據點更讓他感到擔心。竟然偏偏在切嗣等人查到葛連・麥肯吉的隔天一大早就出門不歸，這個時間點實在太巧合了。雖然沒有確切的證據，切嗣認為韋伯・費爾維特很有可能已經察覺敵人來襲，事先逃走了。

雖然切嗣還是抱持著一線希望繼續等待，不過現在也是該想想辦法的時候了。

如果韋伯還會再回到麥肯吉家的話，也可以選擇使用定時炸彈連人帶屋一同炸上天。不過既然他人已經逃走，此時可能已經找到了新的據點，再次出現在這個房子的機率很低。

像之前以索菈鄔為餌釣出肯尼斯那樣，利用那對老夫婦引誘韋伯進入陷阱的計策——切嗣認為這招沒用。

姑且不論作為要塞的防禦機能，切嗣對於韋伯選擇一般人的住家當作據點偽裝起來的判斷給予很高的評價。與在淺顯易見的地點大剌剌地設置工房的三大家與肯尼斯比起來，這種策略更是高明得多，他不認為能夠做出這種判斷的魔術師會對寄宿家庭的家主有所顧慮。對韋伯來說，麥肯吉夫婦應該只是用完就丟的道具而已。

擔心浪費寶貴時間的焦躁感與不願妄下定論的謹慎思考在切嗣的內心彼此傾軋。

雖然切嗣不認為韋伯會再回到這裡，但也始終無法捨棄他或許只是偶然不在的可能性。最主要的原因是切嗣始終不了解為什麼那名少年魔術師竟然能夠在情報戰中躲過他的偵蒐。

當初切嗣根本沒有注意這位以Rider召主身分出現的少年。雖然後續的調查查明了他的來歷，但是那時候關於韋伯．費爾維特的個人資料也只有他是因為突發性偶然而成為召主的見習魔術師，對於戰鬥方面一竅不通的結論而已。

切嗣當然不會把經驗多寡與能力優劣聯想在一起。他還記得自己剛出道時就已經是一個手段非常毒辣的殺手，而他也不認為自己是特別稀有的案例。

但是從切嗣幾次在戰場上觀察韋伯．費爾維特的樣子來判斷——那個少年真的是有能力超越切嗣的難纏人物嗎？

就在切嗣開始對沒有答案的思考循環感到不耐的時候……

一陣尖銳的劇痛冷不防地燒灼左手小指的指跟，讓切嗣感到背脊一陣寒意。

「……!?」

在切嗣讓久宇舞彌真正成為他的助手使喚之後，他將舞彌的一根頭髮施以咒術處理後埋進小指的皮下組織。相反地，舞彌的手指上也埋有切嗣的頭髮。這個機關的意思是萬一其中一人的魔術迴路極端停滯——也就是生命力衰弱到瀕死的時候，交給另一人的頭髮就會燃燒，告知對方發生危險。

這項信號是考慮到在最糟糕的狀態下，就連使用無線電或是使魔傳遞消息的時間都沒有，也就是代表「為時已晚」的意思。而這項信號在此時發動究竟意謂著什麼……

還未感到驚訝或是慌張之前，衛宮切嗣已經先動用所有思考能力判斷狀況與思考對策。

舞彌瀕死——同時也代表她隱藏在倉庫中的愛莉斯菲爾遭遇危機。現在這時候已經顧不得事發的經過與原因了。

第一要緊的是迅速馳援——而在切嗣能選擇的所有方式當中，速度最快的就是右手令咒所發動的奇蹟。

「以令咒命令吾之傀儡！」
就在切嗣握起拳頭的同時，他以如同自動機械般迅捷的速度高唱咒文。
「Saber，現在立刻回到倉庫去！」
刻印在切嗣右手上的其中一道令咒此時迸射出強光，發動超乎常理的魔力。
對Saber來說，這一下當真完全出乎她的意料之外。
她能夠立刻會意過來的是自己被施了某種強大的魔術。下一秒鐘，她的空間感完全被剝奪，被扔進不知天南地北的「移動」當中。
只有專門『操控從靈』的極限咒法才能辦得到這種事。在速度達到光速的數百分之一，快到幾乎顛覆因果律的「剎那之間」，令咒就已經讓她突破空間上的距離，完成兩點之間的移動。
雖然事出突然，不過Saber也是專精於「戰鬥」，超越凡人的劍之英靈。即使從公車站的長椅被「送到」完全不同的地方，當她發現這裡是自己熟悉的倉庫之時，便即刻明瞭剛才的異狀是切嗣的令咒動用了強權，同時也知道發生了一件嚴重的事情讓他不得不立刻派遣從靈前往守護據點。從突破空間到踏上倉庫地面的幾微秒之間，Saber已經從偽裝的西服打扮轉變為一身白銀鎧甲。
她一眼就知道發生了什麼事情，根本連問都不用問。

倉庫的鐵門被人用蠻力打破，應該躺在魔法陣裡的愛莉斯菲爾也不見人影。只有舞彌鮮血淋漓的身軀像是被遺棄般倒在地上。

「舞彌！」

Saber跑到舞彌身邊，一看到她的傷勢便愁眉深鎖。這次的傷勢之深根本不是之前艾因茲柏恩森林所受的傷害所能相比的，如果不盡快施救她一定會喪命。

或許是感覺到從靈光明的靈氣就在身邊，舞彌微微睜開眼睛。

「Sa……ber……？」

「舞彌，振作起來！我馬上為妳治療，沒事的──」

但是舞彌卻拒絕Saber的救援，推開她伸出的手。

「快……去外面……追……Rider他……把夫人……」

「……！」

比起被令咒轉移位置，舞彌這種反應更讓Saber感到震驚。

舞彌當然明白自己的傷勢有多嚴重，也知道自己正面臨生死關頭。但是就算明知已經命在旦夕，這名沉默的暗殺者助手還是不顧性命，催促Saber先去救援被擄走的愛莉斯菲爾。

「可是，這樣的話──」

正當Saber要反駁的時候，她恍然大悟。

這個女人也是一名騎士。雖然她的尊嚴與Saber不同，但是她這種為了職責而不惜犧牲性命的勇氣正與Saber所熟悉的騎士道相符。

一定要守護藏身於這座倉庫裡的貴人——久宇舞彌已經對切嗣，同時也對愛莉斯菲爾本人立下誓言了。為了將無法達成的約定託付給Saber，她才這樣燃燒自己的生命。

「……我、不要緊……切嗣……馬上……所以……快……」

Saber咬緊牙根，閉起眼睛。

如果單從常理判斷的話，Saber現在擔心舞彌而耗費的一分一秒都會直接危害到愛莉斯菲爾的安全。

之後趕過來的切嗣還有希望可以救舞彌一命。但是如果Saber現在不立刻追過去的話，愛莉斯菲爾的命運就毫無保障。只要一看倉庫遭受襲擊後的痕跡，就可以清楚知道這是從靈下的手。只有同為從靈的Saber才能追擊。

「——舞彌，請妳一定要撐到切嗣過來。愛莉斯菲爾就交給我。」

舞彌點點頭，放心地閉上眼睛。

Saber以新的誓言繼承舞彌的約定，心中已經沒有任何迷惘。

她宛如一陣疾風般衝出倉庫，一蹬而躍上屋頂，在暮靄沉沉的天邊尋找敵人的身影。

既然令咒的強權讓她在一瞬間就移動過來，襲擊者應該差不多也是在同時間離去的。對方還沒走遠，就算已經在氣息感應範圍之外，用目視應該也還看得到。

Saber站在屋瓦上，以從靈的超級視力環顧四周。她連找都不用找，一眼就發現到敵人的身形。

距離約五百公尺以上——那雄偉的身軀聳立在好像是商店街區域的住宅大樓屋頂上。魁梧的體格、如烈火般的捲髮與赭紅色的斗篷。那個人的的確確就是Saber幾次在戰場上打過照面的征服王伊斯坎達爾。

「竟然——真的是Rider!?」

雖然Saber剛才已經聽過舞彌的目擊證詞，但是她依然深感懷疑。

Saber實在難以置信，那個以大膽豪邁為優點的征服王竟然會用這種不光明的手段。但是她清楚地看到遠方那名巨漢粗壯的手臂中抱著沉睡的愛莉斯菲爾。雖然不知道他如何查到Saber等人的新藏身處所，不過剛才襲擊這裡讓舞彌受傷的人肯定就是Rider沒錯。

Rider大膽暴露出自己的行蹤，好像是在引誘Saber追擊似的。當Saber一看到他，他就立即翻身消失在建築物的另一頭。

「嗚……！」

Saber彎下腰便要急起直追。但是她想到對方不是別人而是騎兵英靈，不禁咂舌。直接在街道上飛躍疾奔追趕固然簡單，但條件是要Rider和Saber一樣都是步行。如果Rider中途乘坐『神威的車輪』逃逸的話，就算Saber的腳力再快也趕不上。

可是Saber也具備騎乘技能。如果要追蹤在天上飛的寶具，查出目的地的話，她需要的不是短時間的爆發性速度，而是更快於步行的長距離巡航機動力。

如果是之前只有Mercedes・Benz的時候，Saber可能還會悲觀地認為無計可施……但是好巧不巧地，昨天舞彌已經準備好新的「坐騎」，為她送過來了。

Saber唯獨感謝切嗣這種洞燭機先的細心，一翻身將妨礙騎乘的魔力鎧甲解除，飛身坐上停放在廢屋庭院中的「那樣東西」。

-36:48:13

衛宮切嗣對死神的氣息非常敏感。

這或許是因為他已經看過無數的人死亡。就算眼睛看不見、耳朵聽不到，但是如果身邊有**什麼物事**正在等待生命自肉體消逝的那一瞬間，他還是多多少少察覺得到。

特別是當切嗣感覺到**那些傢伙**慶祝勝利「喜悅」之時，就決定了他又要看著某人的生命終止，無力回天。

所以當切嗣呆站在靜謐的倉庫之前，他的內心某處早已經明白了。

自己又將要在這裡送某人離去。

切嗣把 Calico 衝鋒槍擎在腰際，放輕腳步走進鐵門已經被打破的倉庫。倉庫裡沒有殺氣或是其他危險的氣息，空氣中瀰漫著一股濃厚的血腥味，已經完全感覺不到戰鬥過後的餘熱。

一道小小的黑影蜷曲在地上一動也不動，呼吸氣若游絲，體溫也漸漸流失。切嗣看到這一切，心中沒有一點起伏。

他早就知道總有一天一定會看到這副景象。

切嗣本來就只救到了少女的生命而已，她的心在遇到切嗣的時候就已經死了。少女雖然在凝固汽油彈與硝煙的洗禮中活了下來，但是這樣的幸運反倒讓她覺得迷惘。

對於再度以一個「人」的身分過活這件事，她感覺不到有任何價值與喜悅。

所以這名眼神失去生氣的少女告訴切嗣——被撿拾的生命就交給撿到的人吧。這就是他們十一年前的邂逅。

切嗣也接受了她。

切嗣幾乎能夠確信這名少女過不了多久就會死，他過去已經親手葬送了生育之親與養育之親，如果讓少女留在像自己這種人的身邊，總有一天她也會被推上黃泉路。

可是**道具**當然不嫌多。就算未來要捨棄她一個人，如果能夠因此救到兩個或是更多人的話，這反而是切嗣想要的結果……切嗣給了少女姓名與國籍，還將自身的技藝與知識傳授給她。這就是久宇舞彌，一個未來早已註定之人的開始。

所以現在他當然不會感到失落與悲傷——這樣才符合常理，才是理所當然的結論。

可是為什麼他的膝蓋在發顫？為什麼喉嚨會哽住無法呼吸？

一抱起她，舞彌便微微張開眼睛。她無神的雙眼在空中游移，然後認出了切嗣。

「……」

切嗣不曉得該對舞彌說什麼，困惑地咬著嘴脣。

感謝或是慰勞的話語都只是沒有意義的修飾罷了。如果現在這時候要找出什麼有意義的話語——就只有告訴她『妳會死在這裡』的結論而已。

已經再也不需要為了任務、使命或是其他事情煩心了。

如果切嗣長久以來真的只是把她當成『道具』看待的話，應該能夠開口這麼告訴她才對。

「……」

但是乾枯的喉嚨卻什麼聲音都發不出來，只有嘴脣彷彿失控似地不停抽搐。

舞彌仰望著切嗣這樣的表情，微微搖頭。

「……不可以，你怎麼能哭呢……」

「……」

在舞彌說出來之前，切嗣一直沒發覺眼角溢出的淚水。

「把你的眼淚……留給……夫人……現在不……可以哭……因為你……太軟弱……現在還……不可以……崩潰……」

「我——」

事到如今，切嗣才深深感到自己犯下了某種致命的錯誤。

為什麼過去以來他會一直任性地以為久宇舞彌的生命就和衛宮切嗣一樣，只要能夠有好的結果，就算當成道具用完就扔也無所謂呢。

如果舞彌是一個此時能夠對這樣殘酷的自己說出這樣一番話的女性……或許她應該有更不一樣的人生、更不一樣的結局不是嗎？

「今天早上，你終於……恢復為以往的……切嗣了……不可以……為了這種事……動搖……」

「——！」

她說的沒錯。之前衛宮切嗣曾經同樣在這個地方抱著另一名女性，確認過自己是如何地異於常人。

他確信只有那種異常才能顛覆世道。

確信自己將會達成正常人絕對無法成就的奇蹟。

他已經這麼告誡過自己，在那之後只過了不到半天的時間。

「——妳放心吧，舞彌。」

切嗣注視著舞彌逐漸黯淡的雙眸，以低沉壓抑的聲音向她說道：

「接下來就交給 Saber 吧。舞彌，妳的任務……已經結束了。」

切嗣向舞彌保證，就算喪失她這項機能，名為衛宮切嗣的裝置還是可以毫無窒礙地繼續運轉。

所以可以不用再勉強自己繼續呼吸了。

不用再強忍痛苦、不用再維持思考，可以放下一切離開了。

切嗣冷徹地說道。舞彌只稍微點了一下頭。

「舞彌……」

不管他想要改口或是否認，或者還有些話沒來得及說出口，一切都已經遲了。在切嗣臂彎中只餘下一具徹底冰冷的亡骸而已。

Rider 的逃逸路線顯然是往新都的方向。

Saber 好幾次發現 Rider 在高處騰躍移動，看到他在住家大樓與廣告塔上出現又消失的背影。不曉得是不是因為小看了 Saber 追蹤的移動力，他完全沒有想要藏身躲避起來。

如果真是這樣的話，那他可就大大失算了。

雙輪的猛獸發出狂野的怒號，回應鬥志高昂的 Saber 手中急催的油門。V型四汽缸 1400CC 引擎所爆出的驚人音量就像是凶狠狂暴的大型肉食動物，一頭鋼鐵雄獅低沉威猛的咆哮，震撼寧靜的黑夜。

為了讓 Saber 的騎乘技能發揮最大效果，切嗣所準備的機動工具不是四輪，而是雙輪載具。因為他認為汽車的安全帶把駕駛者綁在座位上，只能「操縱」而已。但是駕駛者與機車車身合為一體以控制重心，暴露在外界氣流中的「駕馭」才能真正將從靈強化的騎乘技能發揮到極致。

既然是要讓從靈這種超常之人運用，在性能上當然不用理會人類操縱者的體能極限。切嗣大膽地採用原本只會被譏笑為毫無實用性，僅限於紙上談兵的車體結構。

基本車體是現今號稱最強怪獸重機的 YAMAHA．VMAX，將原本可以催出一百四十匹馬力的 1200CC 引擎增加排氣量，再加上進氣系統與雙渦輪增壓器，驅動系統也隨之一起全面強化。最終改頭換面，成為馬力超越二百五十匹以上的異形怪獸，而這頭怪物現在成為了 Saber 駕馭的白銀坐騎。

既然無視極限，施加了如此異常的改裝工程，在雙輪車的構造上這輛車當然已經無法正常行駛。因為扭力太大，輪胎無法緊抓住地面，只能不停打滑。假如一扭把手，前輪馬上就會翹起，把駕駛者甩下車。

現在 Saber 之所以可以駕馭這匹在物理性上根本無法操控的怪馬在路上飛馳，原因完全是由於她最仰賴的戰鬥技能．魔力釋出。從她背後迸射出的魔力奔流硬是將她身軀下的狂暴車體壓在路面上，讓它所有的馬力全部都用在依照龍頭所指的方向加速。

這種粗魯的方法已經不算是運用技巧操縱，幾乎等於用蠻力制服一頭猛獸。再加上Saber身材嬌小，對她來說想要駕馭一輛總重量超過三百公斤的超重型機車，就連駕駛姿勢都相當不容易。她整個人幾乎趴伏在假油箱蓋所覆蓋的引擎上，一邊握著把手一邊以全身承受大排氣量的激震。這副模樣簡直就像是一個拚命緊緊抓在野獸背上的小孩子一樣。

但是Saber一點都不以這點考驗為苦。鋼鐵巨獸愈是狂猛，她體內的激昂感甚至愈來愈強烈。

這種駕駛Mercedes時根本比不上的奔馳快感。沒錯，這正如同乘坐在馬背上的感覺。

雖然駕著現代科學結晶的怪獸重機，此時Saber的心境卻回到了懷念的戰場上——重拾高舉著長槍衝入敵陣的騎士之魂。

「這種性能說不定可以——」

她與前方Rider的距離愈來愈遠。這是在建築物之間縱躍與只能沿著道路行走所造成的差距。

但是不需要焦急。在瞬間加速度與極速方面，從靈的敏捷性確實還更凌駕於這輛VMAX，但是只要燃料不耗盡，鋼鐵機械就能一直維持這種速度。在長時間追擊戰的時候，這一點就顯得格外重要。

對在地面上疾馳的追擊者來說，深山町錯綜複雜的道路是很大的限制。而且這輛VMAX為了追求極限加速度徹底改造過，行駛特性就和直線加速賽的賽車一樣，幾乎沒有迴轉性。但是在從靈的巧技之下，就連『速度過快無法轉彎』的常理都失去了意義。

Saber已經完全掌握機體的特性。每當接近彎道的時候她不但不減速，反而猛催油門，把多餘的扭力灌注在後輪上。趁著急劇加速超越車體重量，讓前輪浮起的時候，她就在這一瞬間放出魔力，用力傾斜車體，用近乎於扳倒的方式扭轉爆炸性的直線衝刺，改變車體方向。

Rider或許是因為進入了新都，Saber已經看不到他的人影。但是她不慌不忙，搜索著前方的天空。

Rider應該已經明白Saber絕對不可能放棄追擊。現在他正抱著愛莉斯菲爾移動，不能化為靈體隱藏身形。在他逃進新都的時候，只能選擇直接躲藏起來躲避Saber的追蹤，要不然就是乘坐『神威的車輪』一口氣拉開距離。按照Rider的脾氣，Saber認為他會選擇後者，那麼就算找不到人也不用著急，釋放出那麼龐大魔力的飛行寶具絕對逃不出Saber的法眼。

「問題是從地面上追蹤的劣勢——」

一旦『神威的車輪』出現，接下來Saber就可以從飛行方向判斷目的地，預測出降落地點然後行動。這已經不是比拚駕駛技術，而是考驗她身為獵人的追蹤能力了。

在路上的每個人都一臉愕然地看著VMAX狂奔，以難以置信的速度與動作在前方車輛之間穿梭超車。Saber不理會眾人訝異的目光，把注意力集中在尋找天上的敵人。她只憑空氣的流動就能察覺擋在前方的阻礙，就算閉著眼睛駕駛也不用擔心會撞車。

「——找到了！」

Saber如猛禽視力般敏銳的靈感應力終於察覺到在天空飛行的魔力波動。對方並沒有散出雷光，速度也比以前稍慢，可能是不想被人群發現吧，但是那種感覺的確就是Rider的寶具。

方位在西方。看來他們似乎打算穿越新都，逃向冬木市郊外。

Saber認為這反而是意想不到的好運。這樣的話自己也可以利用寬廣的國道，充分發揮車體的加速能力。

Saber一口氣橫越大橋，直接衝上六線道的大路。她更加大膽地催開油門，讓VMAX加快速度。

在車手毫不客氣的驅使之下，轉速表終於突破 6000 轉——就在同時，引擎聲發生意外的變化。

原本像是狂濤般的重低聲響突然拉高到刺耳的高音域，變得更加凶暴、更加野蠻，撕裂夜空響遍天際。與先前迥異的猛烈加速度讓車體與 Saber 化為一個子彈，周圍的夜景如同流星般向背後飛馳而去。

這正是鋼鐵猛獸體內隱藏的真正魔性甦醒的時刻。

引擎工學最精髓的瘋狂設計・V式推進系統……當車體達到高轉速的時候，讓四汽缸構造的引擎模仿雙汽缸運作，一口氣增加進氣量以達到極限加速度，這就是VMAX獨有的特殊構造。這種設計本來是不可能與雙渦輪搭配在一起，已經完全超出摩托車的範疇。

雖然 Saber 暴露在如同水壓般的空氣阻力之下，使勁保住車體姿勢，但她還是忍不住露出冷笑。

機械的基本原則就是「人類使用的道具」，這輛車明顯已經超越這個領域，簡直就像是科學智慧所產下的變異畸胎。對於它的孤獨與悲傷，Saber 不僅覺得同情，更是感到心有戚戚焉。

只有從靈這種非人的異魔才能完全展現**牠**的真正價值。**這傢伙**一定是為了今晚在

Saber的操縱之下飛馳於大地才誕生在這世上的。

「——好吧。我就駕駛你直到燃燒殆盡！」

Saber在狂風中低聲說道，更加解放油門。車速表的指針早已超過時速三百公里，還在繼續向禁忌的領域逐漸推進。

就算在高空也能看見地面上異常的車頭燈光。

「Rider你看，那個……是不是在追著我們跑？」

最先發現的韋伯手指著駕駛台下方。Rider聽到召主的指點，向下一張，有些訝異地揚起眉毛。

「喔？朕還以為是誰，原來是Saber。這下可省了找人的工夫……不過小子，摩托車這種交通工具的速度有那麼快嗎？」

「摩托車？你說那是摩托車？」

以韋伯的視力只能看到一個光點。那個光點的速度怎麼想都不是韋伯常識中所了解的機車速度。

「不，這太誇張了……可是我記得劍士職別好像也會展現出某種程度的騎乘技能。這樣一想的話，似乎又有可能……」

「喔？哪個不選，竟然以『騎兵』身分向朕挑戰嗎？」

Rider 似乎大感痛快，發出狂野的低笑聲。

「哼哼，這可有趣了。既然那傢伙自己主動跑出來，那就不用到那座詭異森林的城堡去……朕也該拿出相對應的本事才行。」

Rider 說道，操使手中神牛的轡繩，一口氣降低戰車的高度。

「要，要下去嗎!?」

「朕改變主意了，就和那小妮子用『車輪』來決一勝負。這條路又寬又長，還要一段距離才會穿過前方的森林。哼哼，真是再合適不過的戰場啦！」

正當韋伯想要開口抗議為什麼平白放棄天上的地利優勢配合敵人的時候，他想起前天見識到『應許勝利之劍』的威力。

考慮到 Saber 的寶具特性，拉開距離反而危險。敵人寶具的威力不利於近身戰，以近身法對戰的確才是比較穩健的作法。

「好，就這麼做。但是你一定要謹慎小心喔！」

「哈哈哈！你這小子也慢慢體會鬥爭的個中滋味了嗎？別擔心！在這天底下，沒有任何事物能阻擋朕的奔馳！」

幸好下方的國道上沒有一般車輛。就算蜿蜒的柏油山路即將成為異形戰場，應該也不用擔心會傷及無辜。

『神威的車輪』終於降落在逐漸逼近的Saber前方兩百多公尺處，傲然踢蹬著地面，準備迎接挑戰者的追擊。

-36：45：26

在遠方的大樓上，有三隻眼睛正看著 Rider 的飛行寶具出現在新都上空，以及發現 Rider 行蹤而改變方向的 Saber。

有一人的雙眼露出滿意的神色，還有一人的獨眼則滿是疲憊耗弱。另外一個人——那雙因為瘋狂而混濁的熾烈雙眼讓人很難判斷那究竟算不算是人類的眼神。

「沒想到真正的 Rider 竟然會出現……這樣正好。間桐雁夜，你在戰場上總是受到幸運之神的眷顧呢。」

言峰綺禮輕拍站在身邊的雁夜背膀，以嘲諷的語氣讚美道。雁夜還沒殘廢的右眼露出狐疑之色，回瞪了綺禮一眼。

「神父……真的有必要為了這種小伎倆耗費兩道令咒嗎？」

雁夜不滿地低頭看著已經失去兩道令咒的右手。綺禮則是對他露出微笑。

「不用擔心，雁夜。只要有我的協助，你可以盡量消耗令咒，不用客氣——來，把手伸出來。」

綺禮執起雁夜青筋突出的乾癟手臂，一邊低聲唱誦聖言，一邊用手指輕撫令咒的殘痕。只是這樣簡單的動作就讓已經用掉的令咒再度顯現光澤，恢復為原本的三道令咒。

「你真的——」

「我已經說過了，雁夜。我繼承了監督者的職責，有權力可以任意分配教會保管的令咒。」

「……」

雁夜不了解對方真正的意圖，細細打量他之後，嘆了口氣，向自己的從靈瞥了一眼。

隨侍在他身後的高大身影赫然就是騎兵從靈‧征服王伊斯坎達爾。深紅色的斗篷與赤色卷髮，還有頂天立地的高壯體魄——所有的一切都與剛才和 Saber 一同朝冬木市郊飛馳而去的戰車御者一模一樣。唯一的不同之處就是那雙燃燒著熾烈怨恨之意的邪惡雙眸……這一點的的確確就是瘋狂從靈特有的象徵。

愛莉斯菲爾纖細的身軀被他粗壯的手臂抱著，現在仍然昏睡不醒。站在這裡的「Rider」才是把『聖杯守護者』從久宇舞彌守護的倉庫綁架出來，引誘 Saber 追到新都的罪魁禍首。

「……可以恢復了，Berserker。」

雁夜一點頭，征服王的巨大身軀就像是燃燒起來一般，崩解為黝黑的雲霞，恢復成原本邪氣森森的鎧甲模樣。形成 Rider 外貌的黑暗靈氣就這麼纏繞在四肢上，掩蓋住黑色鎧甲的細部構造。

看著 Berserker 恢復原本的模樣，綺禮再次驚嘆道：

「竟然有變身能力……這種寶具給狂戰士職別使用實在太可惜了。」

「這名英靈本來就有一些假扮成其他人，立下武功的傳說故事。因為瘋狂化的關係，現在已經退化成普通的『偽裝』能力了。」

Berserker 全身纏繞的黑霧本來不只有隱藏容貌或能力的效果，還具備任意變化成其他人欺敵的寶具能力。這項能力在他成為 Berserker，理性被剝奪之後無法使用。但是雁夜利用令咒強制重現這項能力，讓 Berserker 僅限一次可以偽裝成假的 Rider。

「ａｒ……ｕｒ……」

瘋狂的黑騎士這時候還恨恨地目送著 Saber 乘坐的車頭燈光朝西方逐漸遠去。強烈的恨意讓他的雙肩抖動，鎧甲摩擦地嘰嘰作響，但是卻無法做出更多的舉動。這是因為雁夜行使的第二道令咒——『抓住愛莉斯菲爾，逃離 Saber』的絕對命令權所造成的束縛效果。Berserker 對 Saber 有著異樣的執著心，想要讓他乖乖聽話行動只能像這樣下令用強權管束他。這項命令對於Berserker似乎是相當難以承受的枷鎖，雖然已經依照指令執行，但是黑鎧騎士還是像一具故障的機械裝置一樣四肢抽搐，繼續頑強抵抗。

這種強烈的執著讓雁夜的背脊發冷，在Berserker再度不聽命令失控之前，他先半強制地切斷對Berserker的魔力供給，沒有足夠魔力維持現界的從靈立刻恢復為靈體。愛莉斯菲爾的身體失去支撐，就這樣跌在地上。落地的衝擊讓沉睡的人造生命體發出微弱的痛苦呻吟，但她還是沒有醒過來。愛莉斯菲爾從原本休養的魔法陣中被硬拖出來，使得她的意識更加稀薄了。

「這個女人真的就是『聖杯容器』嗎？」

「正確來說應該是在這個人偶的『體內』。只要再有一、二個從靈消滅就會現出原形吧……讓聖杯降臨的儀式由我來進行。這段期間這女人就交給我保管。」

僧袍男子扛起愛莉斯菲爾無力的身軀。雁夜仍然對他投以無言的質疑眼神，綺禮注意到雁夜的目光，仍然只是報以從容的微笑。

「不用擔心。我會依照約定把聖杯讓給你，因為我沒有追求許願機的理由啊。」

「在那之前，你應該還答應了我另外一件事，神父。」

「啊～那件事嗎——當然沒問題。今天晚上十二點你就來教會一趟吧，我已經安排妥當，可以讓你在那裡和遠坂時臣見面。」

「……」

這個神父心裡究竟在打什麼主意——難以忖度綺禮的心思讓間桐雁夜的內心感到惶惶不安。

這個人城府深沉極深，曾經一度拜在遠坂時臣門下，但是為了參加聖杯戰爭又與時臣分道揚鑣成為召主。但是對於上次也有參加聖杯戰爭的間桐家來說，他們早就已經料到遠坂家會與聖堂教會勾結。這位代行者，同時也是監督者之子的人會召喚 Assassin，成為時臣的走狗也不算是什麼祕密了。

而他在今天上午突然來敲間桐家的大門，主動提出要與間桐家合作。根據他的說法，前任監督者言峰璃正之所以會死，責任在於遠坂家。身為人子，他想要借助間桐家的力量制裁時臣以報父仇。

雖然明知疑點重重，但是言峰綺禮提出的條件對雁夜來說實在太有利了。

這個男人不僅提出算計時臣的計畫、查出保管『聖杯容器』的艾因茲柏恩家藏身在哪哩，甚至還祕密繼承了所有監督者管理的保存令咒。他手中幾乎掌握所有聖杯戰爭後期的有利王牌。

孤立無援的雁夜抱著 Berserker 這個定時炸彈，就連自家人都無法信任。對他來說，綺禮的幫助有如萬軍之助，相當值得依靠。但是前提是言峰綺禮提出的口頭約定能夠全盤相信才行。

此時雁夜雖然已經抓到艾因茲柏恩的人造生命體，綺禮還慷慨地保證提供補充消耗掉的令咒……但他還是無法完全相信面前這名神父悠然的微笑。

這個男人的態度看起來顯然遊刃有餘。說不定他心中盤算著決定性的詭計，所以才會表現出這番自信滿滿的模樣。但是雁夜實在無法確定……可能是因為在他身上完全看不到面對戰鬥時應有的危機意識以及籌謀劃略的緊張感。

真要形容的話，那張笑臉比較接近孩童玩遊戲時候的表情。這個神父該不會正在「享受」背叛恩師，以討伐殺父仇人的名義與間桐家合作的這個狀況吧……

「我們兩個人在一起被人看到就不好了。雁夜，你先回去吧。」

「……那你呢？」

「我在這裡還有一些工作要完成，只是一些小事──雁夜，千萬別忘記今天晚上十二點，到那時候你的宿願就會實現。」

神父再提醒一次，他的口氣彷彿比雁夜還要更期待今晚的事情。雁夜再度以不信任的眼神注視那副微笑的表情，然後慢慢轉過身往屋頂的樓梯口走去。

言峰綺禮的眼神絲毫不敢大意，側耳傾聽盟友離去的腳步聲。在確定腳步聲完全消失的同時——他的眼神重新投向屋頂上一隅，棄置著一批被雨淋溼的廢物料的角落。

「——我已經把人支開了。雖然不知道你是誰，差不多該現身一見了吧。」

綺禮的呼喚聲中隱含著不容抗拒的威嚴。一陣不自然的沉默之後，刺耳的低笑聲隨即冷冷地從夜色中竄出來。

「呵呵，原來你已經發覺了。不愧是身經百戰的代行者，敏銳的感覺與雁夜那小子完全不同哪。」

沒有固體的黑影從暗處隆起。不知為何，綺禮第一眼把那道黑影錯認為是一群多到嚇人的密集蟲群——但是月光馬上抹去這種錯覺，照亮一名靜靜走出來的枯瘦矮小老人。

「別緊張，代行者。我不是敵人，而是現在與你合作的那個小鬼頭的親人。」

對方既然這麼自稱，綺禮心中只有一名人選。

「你是……間桐臟硯嗎？」

「沒錯，你竟然知道我的名字。原來如此，看來遠坂家的小子教出了一名好徒弟。」

老魔術師歪斜著滿是皺紋的嘴脣，泛出非人的邪笑。

×

×

籠罩著山路的濃密黑闇已經不是黃昏，而是黑夜時分了。

Saber駕駛著鋼鐵猛獸疾馳，一面用車頭燈劃開前方如同墨汁般深沉的黑暗。這條路在之前往來艾因茲柏恩城的時候就已經走過了。去的時候是愛莉斯菲爾開車，回程則是Saber自己握著Mercedes的方向盤確認路程狀況。雖然只有來往一次，但是對Saber來說已經足夠了。藉由從靈卓越的記憶力，路寬、坡度緩急以至於轉彎的時機等等她都能全部詳細地回想起來。

Saber剛才已經看見『神威的車輪』降低高度，在前方遠處路上落地了。征服王不曉得在打什麼主意，到此似乎不想再繼續逃逸，打算要用在地面上的騎乘競賽回應Saber的挑戰。

雖然Saber覺得這種武人風範與綁架愛莉斯菲爾的策略手段大相逕庭，但這或許是因為Rider與他的召主在想法上有出入。從靈受到契約的束縛，在行動上常常造成自相矛盾的結果一點都不奇怪。Saber因為自己與切嗣之間的不和而深有體會。

只要事關決鬥場面，Rider都有他自己一套堅持，這對Saber來說也是一件值得高興的事。兩人兩騎之間展開如此高速的追擊戰，就算切嗣再厲害也無法插手吧。這正是Saber求之不得的。

問題是——手中緊握的把手震動清楚傳來不規則的晃動感覺。

作為一台人工製作的機械裝置，VMAX已經表現地非常好了。但是悲哀的是在前方行進的是超凡的飛馳寶具。雖然Saber這名駕駛者引出了VMAX的魔性，但是材質與強度還是有其極限。

從市內一路跑到這裡，持續發揮極限性能的引擎以及驅動系統終於開始顯露出崩壞的前兆。Saber的騎乘技能可以將座機當作自己肉體的延伸，掌握其狀況。她已經清楚聽到機械達到極限的痛苦呻吟聲。

「再這樣下去就糟了……」

她當然不能因為顧慮車體負擔而減速，但是如果繼續硬是這樣騎下去的話，這輛車過不了幾分鐘就會解體。如果不能想個辦法補強車體的話……

Saber突然想到一個方法，就連她自己都無法判斷這個法子是否可行，但是現在已經沒有時間猶豫了。Saber打定主意，將一切寄託在自己身為從靈所得到的可能性之上。

戰鬥時包覆她全身的白銀鎧甲——Saber不是把鎧甲套用在自己身上，而是強烈地想著車體結構，讓鎧甲與車體結構結合，概念類似戰場上保護愛馬的護馬鎧。以騎乘技能帶來的人車一體感為輔，真正將這頭沉默的鋼鐵猛獸當作自己的手腳看待……

她的魔力迅速聚集現出實體，將ＶＭＡＸ各個因為超過極限狂奔造成應力比較集中的部位包裹起來，強化地既堅固又柔韌。

「——很好！」

雖然這種應用方式是Saber臨時想到的，不過她的騎乘技能卻讓她成功完成這件難事。ＶＭＡＸ穿上嶄新的閃耀鋼鐵外裝，看起來既異樣又壯麗。機械雄獅獲得這架不遜於異常馬力的堅固車體，此時化為名副其實的魔獸，發出震耳欲聾的排氣音。

Saber還將『風王結界』伸出前方，以箭頭狀展開，覆蓋車體的正面。ＶＭＡＸ在壓縮氣壓的傘蓋之下得到完全的空力特性，終於也擺脫空氣的阻力。

計速器的指針早就已經轉到盡頭，沒有用處了。因為Saber發動魔力，使得這輛車的奔馳超越物理法則，速度已經衝破時速四百公里。再者因為魔力釋出的壓力，讓後輪緊貼在柏油路面上。Saber就算在轉彎的時候也完全不用放鬆油門，利用像是放倒車體似的斜掛方式一一轉過彎路。

這樣一定可以——終於掌握勝利的第一步，Saber打起十二萬分精神。

她與前方『神威的車輪』之間的距離正在慢慢縮短。原本只能看見光點，現在已經可以清楚看到戰車車輪急轉，釋放出陣陣雷氣。

另一方面，韋伯自從著地之後就一直從駕駛台看著後方，看到車頭燈急速逼近，讓他倒抽一口冷氣，趕緊拉拉Rider的斗篷。

「Rider，再這樣下去我們會被追上的！喂，你有沒有看到後面啊，笨蛋？」

Rider冷哼一聲，沒有理會語帶焦急的韋伯。他是以騎兵之座現身於此世的英靈，就算不回頭看也能清楚感覺到Saber的氣魄直逼而來。

「Saber那小子。只用機械裝置竟然能跑得這麼快，姑且稱讚妳兩句吧。不過——」

Rider大聲說道，同時在嘴角邊露出他特有的勇猛笑容。

「不巧的是朕這輛是**戰車**，可不會乖乖地只比速度哪。」

說完，Rider讓巨大的車身側移，開始往路肩急速靠近。

『神威的車輪』在大小上還凌駕於大型卡車，兩個車輪側面裝著向外凸出的特大號鐮刀，畫出讓人膽顫心驚的弧線。現在Rider馳騁的國道左右兩側都是蒼翠茂密的原生林，彷彿掩蓋住整條道路。只要讓車輪逼近柏油道路的邊緣，鐮刀的刀刃必定會伸入密集的群木當中。

「這就是朕的**『忘塵莫及』**啦，Saber！」

帶電的車輪把路邊護欄像是紙片一樣碾碎，開始暴虐的伐木行動。

面對維持時速四百多公里速度疾行的厚刃大鐮刀，大樹的樹幹就算再粗也等同木屑一般。所有樹木一瞬間就被砍下，撓曲彈開，全部都被捲上半空中。這種景象就像是把線鋸鋸出滿地木屑的模樣變大數百倍呈現出來，宛如一場惡夢。

驚人的大破壞讓Saber為之屏息。

「唔……！」

飛上天際的樹木群如同豪雨般落下，掉落的位置當然就是後方的Saber頭上。直接命中的話固然不用提，以現在行走的速度來看，就算只是擦到一下讓龍頭方向歪掉都絕對無倖。

減速——是不可能的。如果退縮的話絕對無法度過這場考驗，唯一的活路就是突破。

Saber下定決心，毅然決然衝進掉落下來的群木當中。

一大群掉落物砸在路面上彈跳翻滾。VMAX劃出如同長蛇般的軌跡，在瞬間的間隙中閃躲穿梭。Saber認為不應該煞車，高高抬起因為加速而揚起的前輪，一邊用後輪行駛，一邊使用魔力釋出接連控制車身姿勢，演出超越極限的駕駛技巧。看到如此華麗的雙輪之舞，就連監視的韋伯都忘了畏懼，心神為之一奪。Rider也同樣發出喜不自勝的轟笑聲。

「哈哈哈哈哈哈！好啊！這才是尊榮高貴的騎士之王！妳當真是戰場上的一顆明星哪！」

Rider一邊大笑，一邊讓戰車輕巧地側向滑行，靠近下一個採伐場。

「來呀，還沒結束喔——樹木之後接下來就是石塊雨啦！」

大鐮刀刃的下一個目標竟然是包覆著路邊斜面的水泥塊。強度與密度皆非樹幹可比的石壁被鐮刀毫不容情地切鑿開來，粉碎的石礫如同飛沫般散開，擋住Saber的行進。

岩石的洗禮比木頭更加致命。但是Saber看著石雨飛來，仍然繼續前行，在她的嘴角甚至流露出勇敢的笑容。

「可別太小看我了，征服王！」

石塊雨只有在「打中的時候」危險性才會高於木頭雨。反正本來都是要全部躲開的，管他天上降下的是火焰還是箭雨。Saber帶著完全的信任，將勝算寄託於VMAX的驅動輪，用勇猛華麗的操縱技術在水泥塊的縫隙之間閃身而過。

因為對路旁斜面動刀的關係，反而使得Rider戰車的加速度變慢。水泥塊的切削硬度遠高於樹木，就算是神牛的鐵蹄也不能完全無視其阻力。

Saber的第六感預料到絕妙的勝利之機即將到來。她明白只要順利接下之後幾招，一定會有機會可以反客為主——

一塊特別巨大的水泥塊從斜面頂端附近滾落在ＶＭＡＸ前方，形狀扁平，長寬都在兩公尺以上，就像是一扇巨石屏風。

Saber沉穩的視線注視著阻擋在正前方的巨石，不閃不避地讓ＶＭＡＸ直線向前衝，同時高舉起『風王結界』。

「哈阿阿阿阿!!」

氣勢萬千的一聲大喝。Saber使出渾身力氣橫掃而出的氣壓與魔力釋出的推力一同重重擊打在水泥塊上，看似有幾噸重的巨岩像小石子般飛上天空。少女的纖纖細腕背叛了絕對的物理法則，正是身為從靈才能成就的超凡奇蹟。

急速迴旋的水泥塊再度飛上天空，劃出一道死亡拋物線，正好不偏不倚地朝向跑在前頭的戰車上方落下。Rider聽見韋伯發出哀悽的慘叫聲，這次終於回頭。他高舉袞普歐提斯之劍，環眼圓睜，瞪著頭上的大石塊。

「嘿阿阿阿阿!!」

Rider的銅劍威猛地一擊砍在水泥塊上，好像在宣示比力氣的話他絕對不會落於人後。岩盤的軌道又被扭轉，旋轉速度更加迅速，以有如圓盤鋸般的力道墜下，深深插進戰車後方的路面。

Saber眼見此景，天啟如同電流般貫通她全身。

挖開柏油路面的水泥屏風——平坦的表面朝著正上方，插在地上的角度僅僅只有30度左右。Saber那如同預知未來般準確的戰鬥直覺在剛才感覺到的勝利關鍵就在眼前。

「就是現在——」

Saber很早之前就注意到她握著把手的右手拇指下方有一個按鈕。她依循著騎乘技能的引導駕駛VMAX，雖然不知道這個按鈕的「機能」，但卻知道這個按鈕的「使命」是什麼。她知道這就是這匹鋼鐵野馬體內隱藏的祕中之祕，最後一張王牌。

Saber毫不猶豫地把這個紅色按鈕一按到底——雙輪的猛獸終於發出怒吼咆哮。

急速迴轉的引擎內部中，一**氧化二氮氣體**被噴進充滿汽化燃料的活塞當中，因為三百度的高溫而膨脹，讓引擎出力突破禁忌的領域。VMAX的加速度增加五成，疾馳的速度已經可以用暴虐兩個字來形容。Saber勉強控制住獲得極限加速度的車體，龍頭所指的方向正是眼前的急就章斜坡。

前輪發出如同悲鳴似的衝擊聲響，登上水泥塊。瘋狂的後輪扭力甩脫重力的束縛，全力將向上彈起的車體高高推上半空中。

對Rider來說，這是完全出乎意料的奇襲。從前肆無忌憚在天上飛行的他現在竟然要仰望飛在頭上的敵人。

趁著戰車速度減緩的時候讓VMAX的氧氣增壓器將速度提升至極限，而且還利用了偶然之下形成的克難跳台，Saber終於讓Rider進入長劍可及的範圍之內，而且自己的位置還是在近身戰中占有絕對優勢的敵人正上方。這正是勝利女神應許給劍之英靈的必勝之機。

「Rider，你覺悟吧！」

Saber帶著乾坤一擲的氣勢揮下『風王結界』——但就在此時，一點猶豫卻讓她的動作緩了一緩。

接招的Rider揮起佩劍，雙刃交鋒。Saber占有地利優勢，這場斬擊較量本來應該是她會勝過Rider，結果卻以五五波平手收場。『風王結界』無法突破Rider的防禦，在最後關頭被震開。

落下的VMAX與飛馳而過的『神威的車輪』之間並沒有展開進一步的短兵相接。Saber在瞬間以魔力釋出降低落地速度，千鈞一髮之際維持住車體的平衡，勉強以後輪著地，讓輪胎與懸吊裝置吸收所有衝擊力道。

雖然Saber錯失了必勝良機，但是打亂她心緒的卻是另一種焦躁。

「愛莉斯菲爾她——不在這裡!?」

絕對沒有看錯。她讓ＶＭＡＸ跳上空中，在最近距離看到 Rider 戰車的駕駛座上只有駕駛者 Rider 本人以及他的召主而已。

那麼從倉庫被擄走的愛莉斯菲爾人在哪裡？

Saber 猛力煞車，按住三百多公斤重的車體，讓在路面上空轉的狂猛雙輪停下來。之前 Saber 一直全心全意追擊 Rider，但是現在她的心中卻滿是疑雲。

說起來，Rider 原本究竟打算去哪裡？

這條國道向西穿越市區……前方的盡頭是艾因茲柏恩森林。Rider 之前應該曾經抱著酒桶走過這條路。難道他在抓走愛莉斯菲爾之後，還特意挑選通往敵人領地的道路當作逃逸路徑嗎？

冰冷的焦急讓 Saber 咬緊牙關。

如果他**不是在逃跑**的話呢？

Rider 的召主是如何查到位在深山町的那間倉庫——沒錯，他根本不可能知道的。Rider 陣營不曉得艾因茲柏恩的人已經改變據點，他們可能到現在還以為 Saber 等人住在森林的城裡，在夜空裡駕著戰車正老老實實地打算進攻城堡。

那麼襲擊倉庫裡的舞彌與愛莉斯菲爾，並且擄走人的又是誰？

雖然真相依然不明，但是遭到算計的預感現在已經變成確信，讓 Saber 心中焦急不已。就在她急急追趕 Rider 的時候，真正下手綁人而且讓征服王背了黑鍋的禍首早已帶著愛莉斯菲爾跑得不知去向了。

現在沒時間在這裡窮耗了，必須趕快回新都尋找愛莉斯菲爾才行。

雖然 Saber 很明白應該抽身而退，但是卻無法動彈。她渾身籠罩在山雨欲來的氣氛之中，全身緊繃，不允許任何多餘的動作。現在她的眼中只有面前的威脅，全力備戰。

相隔大約一百多公尺的距離之外，Rider 的戰車也已經停下來，而且還**調轉了方向**。在此之前 Rider 完全不回頭看 Saber，把她拋在後頭。此時他的眼神因為戰爭的喜悅而沸騰，一雙眼睛與兩頭神牛都直直地盯著 Saber。

Rider 這個舉動的意圖非常清楚，根本不用多加揣測——他打算出手攻擊。

Rider 本來就不理會是誰利用了他，把他捲進陰謀當中。既然受到攻擊就要反擊，他全心全意只想著這次要輪到征服王發威了。

再說如果 Rider 向西行的目的本來就是為了挑戰 Saber 的話，那麼他和遭受陷害的 Saber 不同，對現在這個狀況當然不會有任何意見。

所以如果 Saber 現在打算拋下 Rider 回到冬木的話，就代表她毫無防備的背後將會受到 Rider 的攻擊。

只好在這裡一決勝負了——面對別無選擇不得不接戰的決鬥時刻，Saber 緊握著劍柄的籠手發出緊繃的聲響。

韋伯瑟縮在『神威的車輪』的駕駛座上，他感覺身旁 Rider 的鬥氣逐漸達到前所未有的最巔峰。

征服王雙眼注視的目標大約在前方一百多公尺的地方。劍士從靈正跨坐在空轉低鳴的大型重機上，帶著嚴肅的表情回視我方。

Saber 從冬木新都就一直緊追著 Rider 等人跑，不曉得為什麼現在卻突然安靜下來。但是 Rider 一見對手停止動作，並沒有繼續前進拉開距離，而是立即停下戰車回頭，讓局面形成現在這種正面對峙的情勢。說也當然，Rider 的目的打一開始就是找 Saber 決鬥。對方既然不再追擊，接下來當然就輪到我方攻擊了。

但是——就算韋伯經驗還不夠老練，好歹他也是一名召主。一陣陣不安襲上心頭，讓他咬緊牙關。

這段距離、這個位置關係……顯然非常不妙。

只要曾經看過 Saber 在未遠川消滅 Caster 的寶具『應許勝利之劍』，就能清楚了解現在這個局面的態勢。在筆直的道路上沒有任何遮蔽物，不必擔心波及周圍，而且雙方還動也不動地互相對峙——這種情況顯然就是Saber寶具最好發揮的場合。

這點程度的事情，驍勇善戰的Rider應該也明白才對，他在未遠川也見識過Saber寶具的威力。雖然這名從靈常常幹出一些讓人懷疑他有沒有智商的舉動，不過在軍略方面他是絕對不可能看走眼的。

如果是在奔馳當中的話，能夠完全發揮『神威的車輪』的機動力，或許還有辦法迴避。可是Rider為什麼白白捨棄機動力的優勢，選擇在這裡與Saber對峙呢？

「喂，Rider……」

「嗯。你好歹算是朕的召主，這種情況下的確必須要先向你說一聲才對。」

Rider似乎已經看穿韋伯的疑問，臉上掛著勇敢的微笑。他的視線仍然向著Saber，對身旁的少年說道：

「接下來朕要把贏得聖杯的必勝機會擺到一邊去，稍微賭一把大的。如果想要用令咒阻止朕的話，就要趁現在喔。」

「……」

既然知道這名豪邁從靈的脾氣，就會明白這段發言的分量有多麼沉重。

就連Rider本人都明白自己正在打的主意非常危險。如果是有點腦袋的召主，就算訴諸令咒阻止他也是在所難免的。

「你……真的打算從這裡進攻嗎?**從這段距離**?**直線往前衝**?」

「朕在河邊看過那招光之劍。這場勝負比拚的就是看朕『神威的車輪』能不能在Saber擺出架勢到出招之間的時間內衝過這段距離。」

韋伯的臉色蒼白,重新計算敵我雙方的距離。

勉勉強強。實在是**勉勉強強**。

在他記憶中Saber寶具發動之前的所需時間與Rider寶具的加速能力。不管從哪一個角度來看,都無法推斷可或不可。現在雙方之間就是**這樣微妙的距離**。

「……你有勝算嗎?Rider。」

「這個嘛,一半一半啦。」

對於運籌帷幄之人,這是最讓人煩惱的數字。但是征服王依舊氣派悠然,如此斷言道。

如果有一半的機率可以獲勝,那麼剩下的另外一半就是落敗了。這就像是用硬幣的正反面預測生死一樣,根本就不算是「戰略」。真要說的話,這是一種「苦肉計」。只有在逼不得已別無選擇的時候,才會想出這種不要命的作法。

「你為什麼……要做這種胡鬧的事?」

「就是因為朕喜歡胡鬧嘛。」

從靈笑著開玩笑道。在他的眼中只看著「勝利」——看著那可能只有五成機會的虛幻未來。

「如果在這種條件對等的狀況接受挑戰的話，敗者就會輸得一敗塗地，毫無藉口，百分之百的『大敗』。間隔這段距離，這個臭屁的小娘們一定也不認為自己最自豪的神劍會被踩斷吧。如果她在這種情況之下輸給本征服王的話，這次或許就會深刻反省自己的過錯，改變心意加入朕的麾下也說不定。」

「……」

韋伯眉頭深鎖，只能長嘆一聲。

說來說去，結果還是這麼一回事。對他們英靈來說，比起為了爭奪聖杯而互鬥，賭上彼此尊嚴的競爭才是最重要的。

「……我說，你就這麼想要得到那個 Saber 嗎？」

「嗯，朕很想得到她呢。」

Rider 毫不掩飾地點頭答道。

「在戰場上，她絕對是地上的一顆明星。與其讓她扯些什麼理想之王云云的大道理，讓她加入朕的軍隊才能綻放出真正的光采。」

這名霸王過去就是用這種方式好幾次擊敗王侯或是武將，無視於他們的權威與財富，收攬他們的「靈魂」。

正因為如此，他才是征服王。

不趕盡殺絕，也不欺凌貶抑，戰勝所有阻擋在面前的敵人——這就是他所應得的勝利型態。

一個偶然之下單憑聖杯與他結緣的契約者，又怎麼能對他說長道短呢？

「……上吧，Rider。就用你的方法贏得勝利吧。」

韋伯好像看開了似地嘆了一口氣，這麼說道。

這麼做不是自暴自棄。Rider 花了一整天補充魔力，對他來說現在這一刻是他迎接這場大戰的最佳良機。誰都不能保證下一次對上 Saber 的時候，Rider 的狀況是否還能維持地比現在更好。

既然如此，與其計較數字上的勝利機率，他把一切都賭在 Rider 的鬥志上。

征服王一向用無理推翻常理，如果讓他用自己的方式衝到最後的話——他那種超乎尋常的豪邁不羈才能掌握現在真正有價值的勝利之機。

韋伯繃著臉，這麼告訴自己。Rider 露出粗獷豪邁的笑容對他說道：

「哼哼，小子，看來你終於也慢慢瞭解何謂『霸道』了。」

Rider 的自信不是虛張聲勢。雖然口中吹噓著要大賭一把，但是他比任何人都相信自己一定會取勝。

「榮耀就在遠方——就是現在！永恆征途無盡期（Via Expugnatio）!!」

在終於解放的真名之下，神牛戰車猛然迸射出電光雷氣。強悍的嘶鳴聲完全不是當初第一場戰鬥踐踏 Berserker 之時所能比擬的。

「——狂風啊！」

Saber 見狀，也從風壓的護鞘中拔出自己的寶劍。

金黃色的光芒現世，盪開逆捲的旋風。閃耀光華聚集，為了展現騎士之王道而激盪出強大的魔力。

「AAAALaLaLaLaLaie!!」

伴隨著征服王的咆哮聲，鐵蹄踢踏柏油路面，如同狂濤般奮然衝刺。就在前方盡頭，最強攻城寶具即將釋放出光華。韋伯雖然受到衝刺霸氣的壓迫，還是努力睜大眼睛不讓自己失去意識，他一定要親眼見證 Rider 的飛馳搶在光華迸射之前踢倒 Saber 的那一瞬間。

征服王從正面而來的衝刺讓 Saber 的背脊為之戰慄。神牛的疾奔在一瞬間就衝過一百公尺的距離。只不過一眨眼，『神威的車輪』壯闊的威容已經如同海嘯般排山倒海而來，衝至眼前。

但是只要Saber手中還握著這口尊貴神劍的劍柄，她就相信自己絕對不會輸。對著高高揚起的金色光輝，她應唱出的只有那唯一的真名。

「應許——」

就在猛馳的雷神化身即將把牠的鐵蹄踩到Saber身上的那一剎那——

「勝利之劍！」

金色閃光彷彿彗星般激射而出，將黑暗的天地照亮成一片雪白。

「——!!」

炫目的閃光刺進韋伯的雙眼，奪走他的視線，讓他忍不住移開目光——在激烈的震動當中，冷靜的思考讓他領悟到了。

他親眼看到Saber寶具的光芒……這就表示結果騎士王的一擊搶在『神威的車輪』最後一步到達之前發動了。

但是他仍然清楚感受到粗壯手腕抱著自己肩膀的厚實感覺。讓他頓悟失敗的思考正意味著現在自己的意識還保持清醒。

韋伯戰戰兢兢地張開眼睛，目睹眼前悽慘的破壞痕跡。

『應許勝利之劍』的劍光一擊瞬間燒毀路面鋪設的柏油，範圍所及之處直到遠方森林的樹木都被轟開，在道路以及路面的延長線上刮出一道筆直的傷痕。空氣瀰漫著柏油汽化的刺鼻臭味，韋伯則是四肢健全地浮在半空中……不對，他是掛在彪形大漢的肩膀上。把少年召主矮小身軀當作小包裹抱著的人是誰，當然不做他想。

「唉呀呀……失敗啦。」

打從心底感到不甘的Rider低聲說道。但是考慮到現在的狀況，這句話實在太輕描淡寫了。

Rider看起來似乎也沒有受傷。但是他駕駛的戰車與手中韁繩操縱的兩頭神牛都不見蹤影，完全消失。寶具『神威的車輪』正中『應許勝利之劍』的攻擊，徹底灰飛煙滅，就像之前Caster的海魔一樣。

Rider在生死一瞬之間知道自己落敗，抱著韋伯從駕駛台上跳下來，在最危急時刻逃出攻城寶具的射擊軌道。雖然兩人從鬼門關前走了一遭回來，但是代價很大。Rider就此失去了至今一直當作主力兵器極為仰賴的飛天戰車。

但是戰鬥還沒有結束——韋伯馬上用強烈的戰意重振幾乎挫敗的心志。就算『神威的車輪』被毀，征服王還有真正的王牌。

「Rider！使用『王之軍勢』——」

韋伯話語未畢，Rider對他搖搖頭。動作雖然微小，但是卻十分堅定。此時此刻，征服王更不願意改變他們休息時曾經討論過的後半期戰略。對付 Saber 只能用到戰車，僅剩一次的親衛隊召喚還是要保留下來，用來對付 Archer。

但是就算 Rider 再強悍，在失去機動力的近身戰中 Saber 顯然大占上風。雖然雙方的體格優劣根本無法相比，但是從靈的戰鬥卻不受這種常理的限制。Saber 外表看起來嬌弱，但是韋伯從之前的戰鬥中已經深刻了解她的戰鬥力是多麼可怕。

Rider 當然也很清楚這一點，但是征服王還是不懼不退，握著袞普歐提斯之劍毅然面對 Saber，一點都沒有要打退堂鼓的意思。

首先打破雙方一觸即發的僵持局面的人是 Saber。

她再次將寶劍收進風中，放開油門。空轉的後輪滑動讓車體一口氣翻過方向，背向 Rider。Saber 不給對方任何可乘之機，後輪恢復抓地力的同時立即猛然加速，朝冬木市揚塵而去，只留下狂暴的排氣音。

雖然韋伯等人感到意外，但其實這是因為 Saber 身懷要事，讓她不能在此繼續一決勝負。為了要查出是誰設下奸計，引導她和 Rider 交戰，盡早從那人手中救回愛利斯菲爾，就算必須撇下與 Rider 之間的對決，她都必須要盡速離開才行。

被撇下的韋伯一臉愕然，聽著轉眼不見的重機呼嘯聲逐漸遠去。Rider 側耳傾聽那力道十足的排氣音，頗有所感地點點頭。

「摩托車啊……嗯，好東西。」

「──我說你啊，這就是你打輸戰鬥之後的第一句話嗎？」

戰鬥後的緊張氣息一瞬間放鬆，韋伯朝著 Rider 大罵。這時候他突然發覺事態嚴重，安靜下來。

「喂，Rider……我們兩個……要怎麼回到街上？」

「這個嘛……只能走路啦。」

「……也對。」

韋伯遠眺遠方新都的燈火在黑暗中閃爍，嘆了好長一口氣。

-36:38:09

間桐、臟硯——

面對眼前只知其名的間桐家幕後黑手，言峰綺禮的意識逐漸進入備戰狀態。

燈光把夜晚的城市照得有如不夜城一般，但是矮小的黑影卻巧秒地置身於燈光照不到的死角。綺禮已經多次從時臣那兒聽說此人外表雖然枯朽，但是他的真面目卻是一個相當危險的人物。表面上對外宣稱已經隱居，可是這個異樣的怪人卻多次利用魔導密術延長他那異常的生命，延續好幾代支配間桐家。在某種意義上，他比間桐家的召主雁夜還要更危險，必須多加注意。

「言峰綺禮。我聽說你是璃正那個老頑固的兒子，是嗎？」

「我確實是他的兒子。」

綺禮頷首回應嗓音嘶啞的問話。

「唔——真是叫人意外。有句話叫做青出於藍更勝於藍，沒想到那個男人的血統竟然會生出這樣一個不簡單的人物。」

「有什麼事嗎？間桐臟硯。」

綺禮不理會臟硯的挑釁，對老魔術師問道。

「你應該是雁夜的同夥，為什麼偷偷跑到這裡窺探？」

「沒什麼。作父親的擔心前途一片黑暗的兒子乃是親情至理，我也想親眼看看雁夜那小子究竟得到什麼樣的助力啊。」

臟硯的笑容就像是一個和善的老人，在那張如同骷髏般乾癟的面貌中看起來十分怪異。不過在綺禮的眼裡，他覺得那張臉其實根本無法露出那種笑容。

「你那些拿來哄騙雁夜的好聽話我已經全都聽在耳裡了。你好像說打算殺掉遠坂家的小子。」

「沒錯，那個男人把我父親——」

「好了好了，這種謊言不需要再聽第二遍。」

深陷在眼窩之中的目光炯炯有神，直射綺禮。

「你表現得太靈活了，言峰綺禮。瞞著遠坂行動的話就不應該這麼放肆。而且在你動念想要殺遠坂的時候，就算不借助雁夜之手應該也已經順利達成目的了——我可沒有痴長年歲，就算你可以騙到雁夜那種人，也無法瞞過我的眼睛。」

「……」

綺禮表面裝作若無其事，但是他內心已經重新修正對這名老魔術師的評價。

「你的目標不是遠坂小子，而是雁夜本人。對不對？」

「……如果你對我疑心這麼重，為什麼不警告雁夜？」

一陣彷彿群蟲嘰嘰鳴叫的詭異聲音發出。過了一會兒，綺禮才知道那是這名老人的竊笑聲。

「這個嘛，應該單純只是因為好奇心吧。你究竟會用何種手法『毀掉』雁夜那小子，我也覺得很有興趣哪。」

綺禮有些難以判斷他此番戲言究竟是開玩笑還是真心話。

「……雁夜為了間桐家而戰，難道你願意白白毀掉他的勝利機會嗎？臟硯。」

「雁夜的勝利機會？咖咖咖，打從一開始他就沒有什麼勝算可言。如果那種廢物可以拿到聖杯，那麼過去三場殺戮全都成為大笑話了。」

「我不明白。間桐不也是希望得到聖杯的三大家之一嗎？」

聽到綺禮的問題，臟硯冷哼一聲。

「就我來看，遠坂小子或是艾因茲柏恩那群人全都愚不可及。如果他們還記得上次那場大意外的話，就應該要注意這次的第四次戰爭可能會『發生異常』。

我一開始就決定在這次戰鬥中作壁上觀。實際上看看Caster那副德行，聖杯的系統一定有哪裡開始不正常，才會召來根本不是英靈之類的惡靈。首先最重要的應該是查出哪裡出了問題。」

「……」

在一次又一次上演的聖杯戰爭之中，這名超越人智的怪人想必都置身於中心吧。他手上掌握著某些就連前任監督者言峰璃正都不知道的**物事**。

「那麼派出雁夜與 Berserker 的目的又是什麼？如果你只打算袖手旁觀的話，為什麼給他從靈？」

「沒為什麼。雖然甚為可疑，不過這畢竟是六十年才有一次的祭典。只是遠遠看著一群小鬼胡鬧也挺無趣，我也想有一點樂子哪。」

臟硯以開玩笑的口吻說完之後，臉上露出更加扭曲的笑容。

「如果雁夜當真拿到那個不完美的聖杯，那當然最好。不過我這把老骨頭似乎沒什麼耐性哪，雁夜那個背叛者痛苦掙扎的模樣——啊啊，教人怎麼看都看不膩。雖然希望雁夜獲勝，但是又難以抗拒想要親眼看到雁夜悽慘下場的誘惑。呵呵，真是難以抉擇啊。」

綺禮覺得臟硯的怪笑聲實在刺耳。如果兩人是在戰場上相見，雙方不是以對話交談而是以生死互搏的話該有多好。就算明知對方是一名危險的魔術師，他還是有這種想法。對綺禮來說，間桐臟硯就是這麼一個讓他難以忍受的人。

「你這人……看著親人痛苦覺得這麼愉快嗎？」

綺禮壓抑臉上的表情問道。臟硯則是狡獪地揚起眉毛。

「哦，真是意外。我還以為你能了解我的這份喜悅呢。」

「──什麼？」

「別看我年邁，這副鼻子可是很靈的。言峰綺禮，你身上有和我相同的氣味。被雁夜這塊美味腐肉吸引而爬過來的蛆蟲氣味。」

「……」

綺禮默然不語，從僧袍的衣襬中緩緩抽出黑鍵。

因為他已經直覺地明白自己與這位老魔術師只有你死我亡的結局而已。現在臟硯已經踩進這種「生死距離」了。這是賭上生命的絕對領域、一條必殺的界線，如果想要避開刺穿要害的一擊，除了迎擊之外別無他法。跨過這條界線的不是臟硯的腳步，而是他口中所說的話。

臟硯感受冷峻的殺意釋放出來，但是他仍然悠哉微笑，視若無睹。

「……哦？我似乎太高估你了，還以為得了一位知心同道呢。看來你好像還羞於承認自己的邪惡──咖咖，真是嫩哪。難道你把這當作自瀆，暗自享受嗎？」

剎那間，綺禮射出左右兩柄黑鍵，刺穿老人的矮小身軀。沒有示威也沒有警告，就連預備動作也看不出來。

但是老魔師面對利劍而不為所動的從容態度也非虛張聲勢。就在被兩柄劍刃刺穿的瞬間，老魔術師的身形就像是泥雕像般崩解，恢復成蟄伏在暗處的神祕黑影。

綺禮擺出警戒架式，聽到愉快的低語聲不知從何處送來嘲弄。

『哦哦，真是嚇人哪。雖然還不成熟，但畢竟還是教會的鷹犬，捉弄你可是要賭命的。』

綺禮手中拿著另一柄黑鍵，一邊凝神注視在陰影中蠕動的物體。

剛才看似刺穿的臓硯肉體是幻術之類的東西嗎？或者是間桐臓硯的身體原本就不存有形體——如果魔術師夠老練的話，各種不合常理的事情都可能發生，一一為此感到驚訝的話可就當不了代行者了。

『呵呵，我們改日再會吧，年輕人。在下次見面之前盡量培養自己的本性，至少要與我打個平分秋色啊。咖咖咖咖咖咖……』

發出刺耳的哄笑聲之後，臓硯的氣息融入黑暗消失了。現場只留下手中拿著利劍的綺禮，如同稻草人般動也不動。

「……」

綺禮焦怒至極，將失去目標的黑鍵往屋頂地上砸去。

剛才的老人簡直就是難以言喻的怪物，斷不可留他生路。

此時綺禮心中確定間桐臟硯絕對是他終有一天必須親手送上路的仇敵。

×　×

間桐鶴野今天晚上仍然沉溺於酒精的麻醉中，盡量不去想到漸趨深邃的黑暗夜色。

現在一想，昨天那安靜無事的夜晚多麼讓人厭惡。暴風雨之前的海面必定是寧靜的，昨天晚上平靜地讓人不安，今天晚上一定會發生什麼危險的禍事。

鶴野當然知道這幾天連夜威脅東木市的異象是什麼。他是間桐家的長男，成為家主繼承家族悠久的歷史，同時也是過去為了追求聖杯而開啟漫長探索之旅的偉大血脈後裔。原本參加這場悽慘戰爭的當事人應該是他才對。

鶴野對於背棄責任，自甘墮落於杯中物的自己一點都不感到羞恥。和弟弟雁夜比起來，他敢說這才是一個正常人應有的想法。

鶴野不明白被趕出家門之後長久以來一直渺無音訊的雁夜為什麼現在還回到家鄉，自願參加聖杯戰爭，他根本也不想知道。不管是什麼事情讓弟弟改變心意，他感謝都來不及了。因為若非雁夜回來，現在折騰成那副德行被推上戰場的人說不定就是鶴野自己。

他想起雁夜從召喚陣中呼叫出來並且締結契約的黑色恐怖怨靈——唯有不斷酗酒才能遠離那時候的可怖回憶。

如果知道像那種東西還有六隻，此時此刻還在互相鬥爭，啜飲彼此血肉的話，不瘋掉的人才真是不正常。現在的冬木是不折不扣的魔界，如果想要在這種地方保持精神平靜，除了酒精之外其他還有什麼可以依賴？

他已經以遊學的名義將獨生子慎二送到國外去。其實鶴野自己也很不願意留在現在的冬木市，但是有一個原因讓他不能離開這間宅邸。他必須在地下的蟲倉裡調教那個從遠坂家接收過來的小女孩，讓她成為足以擔當間桐家次任家主的人才。這是臟硯交代給他的重責大任。

沒錯，身為當代間桐家主，鶴野非常盡心盡力。而且臟硯一開始的方針本來就是不插手這次的聖杯戰爭，袖手坐視。雁夜只是被那個老魔術師當成玩具罷了，現在遵循間桐家正道的人是鶴野。魔術迴路的多寡根本不是問題，就算除了凌虐小孩之外一無是處，但是鶴野自己才是走在延續間桐家未來的正道上……

鶴野一邊這麼告訴自己，嘲笑愚笨的弟弟，一邊又在胃袋裡倒入一口酒精。

成為間桐家的魔術師同時也代表著淪為地下家主間桐臟硯的傀儡。雁夜明白這一點，還曾經一度成功逃離間桐家，卻又自己跑回來成為刻印蟲的苗圃，真是蠢到無以復加，完全不值得同情。鶴野本來就對弟弟不抱有手足之情。那個男人雖然比他這個兄長更有才能，卻又把間桐家歷代被詛咒的命運全部推給他一個人離家出走，事到如今怎麼可能會同情那傢伙。

啊啊，為什麼今晚睡魔遲遲不肯造訪？他好想像平常一樣趕緊墮入沉睡當中。酒還喝得不夠多，醉得還不夠厲害。真想快點忘掉屋外發生的事情，跳過黎明之前的時間——

睡眠並沒有來訪，取而代之澆在鶴野頭上的是桌上冰酒壺裡的冷水。

受寒的鶴野大驚，醉意完全被剝奪。之後一陣重擊打在他的顴骨，讓他滾落在地板的絨毯上。

鶴野陷入一片混亂，連慘叫聲都哽在喉嚨裡叫不出來。他抬頭一望，看到有一名詭異的男子如同幽靈般站在面前。

陳舊的外套又髒又縐，臉上滿是沒有修整的鬍碴。如果光比較雙方的打扮，那個男人還比穿著家居服的鶴野更像暗巷酒店裡的醉漢，但是他的目光卻推翻了一切。男人眼神的溫度已經不只是冷酷無情，而是充滿冰冷狂野殺意，就像是一頭負傷的野獸一般。鶴野的眼睛一對上那人的目光，還沒來得及理解對方的身分以及現在的狀況，立刻便成為了絕望與頹喪的俘虜。

那個男人是誰，究竟是如何突破屋外重重防護結界進到屋子裡來，如今這些事情都不重要了。現在在鶴野眼前的，就是他這一個多禮拜藉由酒精之助不斷逃避的恐懼。

「……愛莉斯菲爾人在哪裡？」

鶴野還沒領會問題的內容，就已經先確信如果他無法回答的話肯定必死無疑——然後他才發覺自己根本聽不懂對方的問題，被推入無盡的絕望當中。

「我、我……我……」

男子冰點以下的眼神注視著舌頭打結的鶴野，緩緩從外套懷中拔出凶器。他用冷硬的槍口將鶴野的手掌按在地板上，二話不說便扣下扳機。

伴隨著一陣足以將聽者理性完全剝奪的聲響，鶴野的右手血肉橫飛。

自己身體的一部分就這麼毫無預警地消失，這種打擊讓鶴野愕然無語，隨即痛得在地板上打滾，哀聲慘叫。

「不、不不不不知道不知道不知道我什都不知道！啊啊啊啊！我的手！噫啊啊啊啊!!」

「……」

對切嗣來說，要求一個不合作的人提供情報的經驗已經多到不能再多。這種長年以來培養出來的直覺冷冷地告訴他，已經不需要繼續訊問或是調查這裡了。

間桐鶴野的靈魂已經完全屈服了。雖然不知道原因為何，早在切嗣造訪之前他就已經將自己逼近瀕臨崩潰的邊緣了吧。結果切嗣似乎成了壓毀他的最後一根稻草。現在這個男人變成這副德行，為了逃避眼前的痛苦，他甚至會毫不猶豫地背叛臟硯。像這樣的人絕對不會說謊。鶴野對於這幾個小時之內發生的事情恐怕真的是「一無所知」吧。

這也就是說——愛莉斯菲爾被綁之後並沒有被帶到間桐家來。

他在分秒必爭的時候花了好幾個小時突破防禦結界，到頭來卻是白忙一場。就算是切嗣也忍不住悔恨地咬緊牙根。

依照消去法思考的話，帶走愛莉斯菲爾的人除了間桐陣營之外別無他人。Rider之主應該沒有這麼強的諜報能力能夠查出切嗣準備的祕密基地。至於遠坂，他沒有理由用這種方式推翻昨晚才剛建立的同盟關係。

除了現存的七組人馬之外另外出現新敵方勢力的可能性雖然極低，但不是完全不可能，只不過現在這個階段去想這些也沒用。現在這時候他只能從手中還保有從靈，為了最終決戰可能需要捕捉愛莉斯菲爾的三名召主之中尋找這名看不見的敵人。

倉庫遭受襲擊之後已經過了四個多小時，一分一秒的流逝都讓切嗣距離勝利愈來愈遠。現在沒有時間讓他停下腳步思考。

切嗣不再理會因為劇痛與恐怖而啜泣的鶴野。他快步走出餐廳，離開間桐家。

接著為了突破遠坂宅邸的魔術防禦陣，又花了切嗣大約三個小時的時間。

三個小時就突破的俐落手法幾乎有如神技。遠坂時臣所設的結界在對付魔術師的防禦系統當中算是極為高段，如果用一般的方法正面突破的話，就算花上一年的時間恐怕也衝不破吧。因為『魔術師殺手』對魔導不要求任何成果，只鑽研如何破解術理上的陷阱，所以才能在這麼短的時間拆解防護壁。

但是就算相對時間再怎麼短暫，這段時間損失還是足以讓現在的切嗣心浮氣躁，他在戰場上從未落到如此被動的情勢之中。即使他終於從後門進入中庭而到達主屋的時候，急迫的焦躁依然燒灼著他的胸口。雖然冒著喪命的危險穿過防禦結界，但是也不保證這裡不會像間桐家一樣，查不出任何關於愛莉斯菲爾綁架的蛛絲馬跡。

應該比切嗣更早開始追蹤愛莉斯菲爾的Saber肯定也失敗了。雖然魔力供應的通路還有感覺，她應該還沒有被擊敗。但是如果愛莉斯菲爾已經被平安救出來的話，她應該會啟動發信器，將所在位置的情報傳給切嗣才對。既然沒有消息，只能判斷Saber的追擊也是宣告失敗。

切嗣小心翼翼地拆除窗緣上的封印，利用玻璃刀打開內鎖，終於踏進了遠坂家內部。屋內沒有點燈，悄然無聲，感覺好像一個人都沒有。但這畢竟是一間大宅子，他無法立即判斷是不是真的沒人。時臣是一位召主，一定比間桐家的長男更加謹慎細心。切嗣已經做好心理準備，雙方如果打了照面的話很有可能會開戰，到時候為了應付Archer，也需要把Saber叫來，他只好再消耗令咒使用強制召喚了。

Archer的戰鬥力到現在還是未知數，切嗣很想盡量避免讓Saber與他正面衝突，但是現在的狀況不容許他選擇戰略，但是他仍然希望至少等到確定愛莉斯菲爾人在哪裡之後再行進攻。萬一抓住愛莉斯菲爾的是切嗣現在沒有注意到的敵人，而他又與間桐或是遠坂對決而大傷元氣的話，可就完全著了敵人的道。雖然叫人惱怒，但是現在就算是這種最糟糕的狀況都有可能發生，必須小心注意。

當切嗣走進某間伸手不見五指的房間時，他的嗅覺察覺到無法等閒視之的氣味。

血腥味。雖然已經過了很長的時間，但是絕對不會錯。

切嗣將魔力集中在眼睛的肌肉上，使用夜視魔術，室內裝潢立即變得清晰可見。看來這裡好像是客廳之類的地方，桌上還放著兩人份的茶具。

而在豪華的地毯正中央，留有大量的血跡。

切嗣仔細檢視已經乾涸的血痕。雖然這不是飛濺出來的血滴，但是這種出血量也絕非一般的傷勢。依照他的經驗來看，這應該是人被刺殺之後倒地而造成的血跡。

為了預防萬一，切嗣繼續把屋內其他房間全都搜索過一遍。但是搜索的目的已經逐漸從掌握狀況轉移到尋找居住在此的人了。

不管是作為媒介或是作為術法的起點，血液在魔術當中是一種非常重要的要素。一名魔術師如果沒有任何魔術上的目的，是不會放任任何一滴血跡殘留在自己的領地內而置之不理，這可以說是完全不符合魔術師的規矩禮範。而且根據切嗣的事前調查，遠坂時臣這個男人做事不可能這麼粗陋。

最後當切嗣輕易走進位於地下室的工房時，他的預感終於變成確信。如果在家的話當然不用講，就算出門不在，魔術師也不可能讓他人任意踏進自己的工房。時臣恐怕不僅不在家，甚至還無法掌握自己家裡的情況。

為了進一步讓確信變成實證，切嗣從口袋裡拿出一管他用眼藥水容器隨身帶著的試劑。這種試劑是用女性夢魔的愛液為基劑所製成，會與男性的血液或是新陳代謝廢棄物產生反應，能夠進行詳細的識別。

首先他在洗手台確認試劑的反應，然後再去測試客廳裡的血跡，兩者顯然是一致的。這幾天當中在洗手台刮鬍子的只有一個人，而客廳的地毯沾滿了那人的血……

這麼一來幾乎確定遠坂時臣已經死亡或是淘汰了。

事情的發展完全超出意料之外。切嗣盡量讓自己冷靜下來，思考狀況。

屋內沒有戰鬥跡象，留在桌上的茶具反而顯示出主人正在招待客人。時臣在這個房間與某個他當作客人招待的人物氣氛平和地暢談之後，遭到重傷或是致命傷害而失血。看來偷襲魔術師似乎不是切嗣的個人專利。

但是弓兵從靈那時候在做什麼？他應該不會坐視召主遭遇險境，如果真有這種可能性的話……那就是時臣這位召主對Archer已經沒有利用價值的時候。如果Archer是與下一位契約者串通好謀害時臣的話，這樣的結局就說得過去了。

推理之後思考出來的回答沉重無比。切嗣感覺自己的五臟六腑好像全都翻了過來。

遠坂時臣的舊知，把他當作賓客招待並且有可能在他面前露出可乘之機的人物。

很有可能在現在重新獲得令咒，成為Archer新召主的人——也就是說過去曾經失去從靈喪失召主權限，但是卻還活著的人物。

不用多說，這種人選只有一個人。如果那個人再度得到從靈，在聖杯戰爭重起爐灶的話，他當然會計畫抓住愛莉斯菲爾，把『聖杯容器』扣在自己的手中。

就這樣——衛宮切嗣終於明白他與言峰綺禮的對決是避無可避了。

-30：02：45

雖然時值深夜，但是山丘上的教會卻燈火通明。

站在上帝賜予地上世人安息的神之家前，一絲絲矛盾的感傷讓間桐雁夜停下腳步。

祈禱的場所只是徒具形式，但是人們卻如此單純，輕易接受這種撫慰而感到心安。雁夜嘲笑這份單純，但是另一方面他也實在能夠體會人們太渺小無力，不得不依賴這種欺瞞。

如果有人告訴他人世間所有苦難全都是上帝的考驗，他心裡一定會湧出一股衝動，想要親手掐死上帝與祂的使徒。但是如果問他，這雙平凡的手究竟真能救得了誰——想到自己逐漸腐朽的身體，雁夜只能無言了。

雁夜正一步接著一步慢慢地向聖杯靠近。但是體內刻印蟲侵蝕他生命的速度卻更加快速。只要仔細一聽，彷彿就能聽見吸吮他全身血液、啃咬他全身骨髓的蟲子們正在鳴叫。對雁夜來說，刻印蟲不斷折磨他的陣陣刺痛早已經和呼吸或是心跳一樣，成為肉體的一部分。他的意識總是朦朦朧朧，只要一恍神，就連時間的流逝都變得模糊不清。

他過去曾經發誓絕不放棄，但是現在消極的想法卻像是從裂縫滲出的水流一樣，緩緩侵蝕他的心。

我還能再戰幾回？

我還能再活幾天？

如果想要親手拿到聖杯，贏得櫻的救贖。最後的希望是不是真的只剩下期待奇蹟發生？

那麼雁夜是不是應該祈禱呢？眼前高聳屋頂上的十字架正超然地俯視著他這隻在地上爬行的螻蟻，他是不是該彎下膝蓋，對這隻十字架訴說自己的渴望呢？

「開什麼……玩笑……!!」

雁夜斥喝自己，咒罵自己竟然變得如此卑微軟弱。

他大半夜跑到教會來不是為了追求愚不可及的救贖，而是為了完全相反的目的。今天晚上雁夜是為了痛飲仇敵鮮血而來的。如果言峰綺禮說的話可信，此時在禮拜堂裡等著雁夜到來的就是遠坂時臣本人。雁夜走到祭壇前不是為了懺悔或是禮拜，而是為了結束這段深恨仇怨。他曾經一度敗在時臣手下，是言峰綺禮為他安排這場本該沒有機會的復仇戰。今天晚上是他打敗這個可恨魔術師的最後機會，絕對不可以掉以輕心。

心中燃起的憎恨火炎將肉體的苦痛、糾葛與絕望全都燒得灰飛煙滅、一乾二淨。對現在的雁夜來說，這才是超越任何信仰的救贖與安慰。

在前一回戰鬥中沒能報仇的記憶在雁夜的內心點燃更加強烈的怒火。

雁夜滿腦子只想著把奪走了葵而且捨棄櫻的時臣打倒在地的那一瞬間，光是這樣想就能讓他忘掉聖杯的遙不可及與落敗的恐懼。只有成為一架受到憎恨驅使的自動機械，間桐雁夜的心靈才能自一切痛苦辛酸當中解脫。他的嘴邊甚至泛起微笑，現在就算是解放Berserker他也不怕。如果這樣可以挖出時臣的心臟，讓自己沾滿時臣身軀噴濺出來的鮮血，他覺得一切都是值得的。

如同野獸般的喘息讓雁夜的雙肩上下起伏，他走到教會門前，全身充滿殺意，緩緩推開大門。

燭台的柔和火光地照亮整個禮拜堂，但是空氣卻像是凍結一般，完全靜止。這種有如墳場般氣氛雖然讓雁夜感到有些奇怪，但是當他一看到坐在信徒席最前排那個人的後腦勺時，奇怪的感覺馬上就被翻湧而出的忿怒所掩蓋。

「遠坂、時臣……！」

雁夜帶著殺意喊道，對方卻沒有回應。雁夜把這完全的沉默認為是那名魔術師一貫的傲慢態度，邁開步伐走過走道，縮短與時臣之間的距離。

「你還以為你殺死我了嗎？時臣。但是你想得太簡單了，在讓你受到報應之前，我會一次又一次地……」

時臣依舊將沒有任何防備的後背對著雁夜，毫無反應。就連雁夜都感到懷疑與警戒，放慢腳步。

時臣該不會在這裡放個假人偶想要陷害自己吧。但是就近一看，那個人的肩寬、仔細整理過的捲髮光澤與頭髮之間的耳朵形狀確實都是遠坂時臣本人沒錯。雁夜絕對不會看錯過去他深深烙印在腦海中的仇敵模樣。

雁夜走到只要伸出手就可碰觸到時臣的距離，停下腳步。他凝視著時臣動也不動的背影，心中滿是憤恨，還有莫名的猶疑與不安。

「遠坂——」

雁夜伸出手。

前天時臣的防禦火炎擋下雁夜所有攻擊。他的本能回想起那火燙的觸感，使他不敢直接碰觸時臣。但是時臣的後頸就在前方幾公分，雁夜實在難以抗拒想要掐住那隻脖子一把折斷的衝動——他顫抖的指尖終於觸摸到那綁著瀟灑領帶的衣襟。

就只是這樣輕輕一碰，靠在信徒席上的屍體便失去了平衡。

弛緩的四肢就如同斷了線的人偶。遠坂時臣的冰冷屍首就像積木崩垮一般倒下，翻倒在雁夜的雙臂中。

「──」

這時候雁夜感到一片混亂與震驚，破壞力就有如一把鐵鎚重重打在腦門上。

如同空殼般空洞的死亡表情的確是真的，那張臉千真萬確就是遠坂時臣沒錯。這時候雁夜只能接受時臣已死的事實。

從前睥睨自己的傲慢冷笑、彬彬有禮卻又冷酷的語氣與諸多冷嘲熱諷，這些關於遠坂時臣的回憶完全占據雁夜的思考能力，然後爆裂。這陣爆裂足以讓充斥在雁夜心中所有以時臣為原點的情感、動機與衝動完全飛到九霄雲外去。

「為──這……這是為什麼……？」

雁夜抱著不會說話的屍體呆站著，對自己內心的空洞竟然如此龐大感到一陣愕然。這個空洞實在太大，就連間桐雁夜自身的人格輪廓都被破壞，變得難以辨識。

到這個時候，雁夜才初次驚覺他從未預測或是想像過當他失去仇敵遠坂時臣這個要素之後，自己會變成什麼樣子，現在發覺實在為時已晚。難以壓抑的震撼甚至讓雁夜無法立即回想起自己究竟為什麼與時臣對抗以及為什麼參加聖杯戰爭等這些最根本的事情。

然後——

「……雁夜？」

雁夜一直到最致命的瞬間都沒能發現此時有另外一名訪客剛剛走進禮拜堂，用他最懷念、最心愛的聲音從背後呼喚他。

雁夜一臉茫然地回過頭，他完全不明白現在究竟是什麼情況，為什麼遠坂葵會站在那裡。如果他的思緒還能正常運作的話，應該就能想到如果不是有人把葵找來，她根本不可能到這種地方來；也能想到只有一個人可以事先把時臣的屍體擺在禮拜堂——然後更進一步就不難想到殺死時臣的嫌犯是什麼人。

「啊——呃——」

但是雁夜滿腦子已經亂成一團，連一句像樣的話都說不出來，只能發出沒有意義的呻吟聲。就在他搖搖晃晃向後退的時候，原本抱在懷中的時臣屍首就像是個大布袋似地跌在禮拜堂的地板上。葵凝視著自己丈夫現在的模樣，過了良久一動也不動。

「葵……我……」

葵不發一語，就像被磁鐵吸過去一般走向時臣的屍體。雁夜感受到莫名的壓迫感，繼續往後退，退了沒幾步就被身後的障礙物擋住。擋住他的是禮拜堂的祭壇，聳立不動的莊重祭壇彷彿就像是要對雁夜給予制裁一樣。

雁夜無路可逃，只能看著葵屈膝抱起時臣的頭。雁夜不了解為什麼葵要這麼做——不，他不願意去理解。為什麼她對自己這位童年玩伴看都不看一眼，只凝視著時臣的屍體；為什麼她的臉頰上潸然淚下。雁夜抵死不去理解這些事的原因，因此他連一句話都說不出來。

如果他沒有記錯的話——自己就是為了不讓這世上最愛的女性落淚，才會拚死作戰到今天，可是——

既然這樣的話，那現在在他眼前哭泣的這名女性是誰。光只是接受這個事實，間桐雁夜可能就會因此崩潰。

她的眼中沒有雁夜，好像把雁夜當成空氣一樣，只是一個勁兒地對丈夫的屍體掉眼淚。她這名悲劇女主角已經成為世界運轉的中心點。被她忽視的雁夜就等於是舞臺上的灰塵或是背景道具上的汙漬一樣，毫無意義。雁夜感到一陣錯覺，好像自己的位置與存在都被抹消，讓他驚恐不已。他甚至有一種衝動，想要馬上大喊大叫一陣，吸引那位女性的注意，不過乾枯的喉嚨卻連一點聲音都發不出來。

但是當雁夜看到葵終於抬起頭望著自己的時候，他才驚覺——視若無睹才是無上的慈悲。如果那時候他就從世界上消失的話，或許還留有幾分希望。

「……這麼一來，聖杯就等於落到間桐家的手上了。你滿意了嗎？雁夜。」

雖然這是他熟悉的聲音，卻是他不熟悉的語氣。那是因為雁夜心地善良的童年玩伴從未在他面前憎恨或是詛咒過任何人。

「我——也是因為，我——」

為什麼我要受到她的責難？遠坂時臣就是萬惡的根源，如果沒有他的話，一切應該都會很美好的。再說這個人為什麼會死在這裡？有滿心疑惑要問的應該是雁夜才對。

「究竟是為什麼……」

但是女性根本不給雁夜開口說話的機會，反而繼續問道：

「間桐家從我身邊奪走櫻還不夠嗎？竟然在我面前殺死他……為什麼？難道就這麼恨我們遠坂家嗎？」

真是莫名其妙。

這個女人為什麼用與葵一模一樣的臉孔、一模一樣的聲音對間桐雁夜發出如此強烈的憎恨與冰冷的殺意？這個女人究竟是誰？

「是他——都是這傢伙的錯——」

雁夜伸出軟弱無力的顫抖手指，指著時臣的亡骸拚命大聲辯白。

「如果沒有這個男人的話——就不會有人遭遇不幸了。不管是葵還是小櫻……應該都會——很幸福——」

「別胡說八道了！」

女子帶著如同魔鬼般的表情叫道。

「你又懂些什麼！像你這種人……根本從來沒有愛過任何人！」

「——啊——」

啪地一聲。

最後的粉碎聲音讓閒桐雁夜崩潰了。

「我、我有——」

我有深愛的人。

她既窩心，又溫柔，我希望她能夠成為世界上最幸福的人。

只要是為了她，連性命都可以不要。就是這種念頭讓雁夜忍過一切痛苦，他一直忍耐忍耐忍耐忍耐忍耐忍耐忍耐忍耐忍耐忍耐忍耐到現在所以絕不允許任何人否定我是為了什麼是誰害的才拚死乾脆妳去死吧胡說胡說胡說我有喜歡的人的確我有我一定有——

「我……我有……喜歡的……人……」

雁夜一邊用嘶啞的嗓音喃喃自語，一邊在雙手上使力。

為了反過來否定所有否定他的話語，為了要讓那張嘴巴閉上，他用力掐住發出那道聲音的喉嚨。

女人為了想要呼吸而反覆開闔嘴巴的模樣就好像是從水槽裡撈出來的魚。即使如此，她口中看起來好像還在咒罵雁夜，讓他更加激動。

如果不叫她安靜下來的話，一切就完了，從以前到現在的一切都會化作泡影。他絕對不允許這種事情發生。

事實上瘋狂也已經是拯救間桐雁夜的最後堡壘。但是就在緊要關頭，他連這最低限度的希望都沒抓到——到最後，雁夜還是發現了女人因為缺氧逐漸變成青紫色的臉龐實在太像他深藏在心底的摯愛面貌。不，其實根本就是那個人。

「……啊。」

葵的咽喉終於從鬆脫的雙手中滑落。

她頹然倒地，完全不省人事，動也不動。雁夜已經沒有冷靜的判斷力去確認她是生是死，在他眼裡，眼前的人就與時臣一樣是一具沒了氣息的屍體。

「啊……啊……」

他看著剛才還使盡力氣緊緊掐住葵的脖子的雙手。這十隻僵硬的手指頭抹滅了他的珍愛、他生命的意義，彷彿就像是別人的手指一般，但是這的的確確是他自己的雙手，毫無任何懷疑與欺瞞的餘地。

雁夜覺得這雙手就好像是蟲子一樣。兩手顫動的手指看起來與在小櫻的肌膚上來回爬動的淫蟲一模一樣。

「啊啊啊啊啊啊啊啊啊啊啊啊啊啊啊啊啊啊……………！」

他猛抓已經殘廢的臉龐。

用力拉扯如同稻草般乾燥的頭髮。

他連從喉嚨深處發出的尖叫聲究竟是悲鳴還是慟哭都分不出來。

雁夜喪失最後一點理性，單純只憑藉著獸性本能尋求逃避，跌跌撞撞地奔出禮拜堂。

唯有暗無星辰的黑夜迎接這個失去一切的男人。

冬木教會的禮拜堂裡有一個只有司祭才知道的祕密。

區隔禮拜堂與內部司祭室的牆壁事實上只有隔間的功能。在構造上特意做成可以從司祭室清楚聽到禮拜堂中發出的聲音。

所以言峰綺禮才能舒舒服服地坐在司祭室的椅子上，將禮拜堂中發生的悲劇全都盡收耳底。

綺禮的表情好像陷入深沉的思考，站在他身旁的黃金從靈對他問道：

「雖然只是一齣無聊的爛戲。不過以初次嘗試來說，這齣劇本寫得還算不錯——如何，綺禮，有什麼感想？」

「……」

綺禮沉默地看著半空中，一邊從手中的玻璃杯喝下一口酒。

這種感覺真是不可思議。他心中所描繪的草稿藉由有血有肉、有理性、有靈魂的人類原原本本地重現出來了。

沒有任何突發狀況。間桐雁夜與遠坂葵都完全聽信綺禮告訴他們的事情，依照指定時間在最佳的時機點來到教會見了面，時臣屍體這項小道具也一如預料般發揮效果。因為綺禮已經事先運用治療魔術調整屍斑與屍體的僵硬程度，任何人都看不出來其實這是一具死亡已經超過半日的屍體吧。

如果事情的發展都一如預期的話，應該就沒什麼值得驚訝的——但是一旦看到了最後，卻有一種難以言喻的興奮感。

如果真要形容的話，應該是一種真實感吧。

剛才的悲劇場景不是演員演出來的虛假故事。雖然這一切確實是綺禮一手引導造成，但是顯露出自我內在的兩個人互相衝擊，濺出火花的靈魂光輝卻是千真萬確的。這種新鮮度、這種臨場感，別說是預測，他本來連一點期待都沒有。

綺禮不曉得該如何回答基爾加梅修的問題，他重新品嘗含在口中的芬芳美酒。沒錯，說到最讓人驚訝的事情，應該是這杯酒。

「……為什麼呢？之前我也喝過這種酒……那時候都沒有發現這種酒的滋味竟然這麼醇厚。」

綺禮表情嚴肅地注視著酒杯。英雄王露出微笑。

「酒的風味會因為下酒菜的不同而產生意想不到的變化。綺禮，看來你似乎開始領會增廣見識的意義了。」

「……」

基爾加梅修龍心大悅。綺禮想不到有什麼話可以回答他，放下空酒杯，站起身來。想到接下來還有很多事等著進行，他也不能一直這麼悠悠哉哉。葵還倒在禮拜堂裡，她的狀況一定需要緊急處理。還要把逃走的雁夜抓回來，交給他下一個任務。

但是綺禮走出司祭室之前又回頭朝空酒杯看了一眼，這時候他才發現自己竟然對已經喝完的酒有一種眷戀的感覺。

他有一種深切的渴望——這麼好喝的酒，他一定要再品嘗一次。

浮文字

Fate/Zero 5 黑暗的胎動

（原名：フェイト／ゼロ 5 闇の胎動）

作者／虛淵玄　插畫／武內崇・TYPE-MOON　譯者／hundreder
執行長／陳君平　榮譽發行人／黃鎮隆
協理／洪琇菁　國際版權／黃令歡、高子甯
執行編輯／石書豪　美術編輯／陳又荻
出版／城邦文化事業股份有限公司 尖端出版
台北市中山區民生東路二段一四一號十樓
電話：（〇二）二五〇〇七六〇〇　傳真：（〇二）二五〇〇二六八三
E-mail：7novels@mail2.spp.com.tw
發行／英屬蓋曼群島商家庭傳媒股份有限公司城邦分公司　尖端出版
台北市中山區民生東路二段一四一號十樓
電話：（〇二）二五〇〇—七六〇〇（代表號）
傳真：（〇二）二五〇〇—一九七九
中部以北經銷／楨彥有限公司
電話：（〇二）八九一九—三三六九
傳真：（〇二）八九一四—五五二四
雲嘉經銷／智豐圖書股份有限公司　嘉義公司
電話：（〇五）二三三—三八五二
傳真：（〇五）二三三—三八六三
南部經銷／智豐圖書股份有限公司　高雄公司
電話：（〇七）三七三—〇〇七九
傳真：（〇七）三七三—〇〇八七
一代匯集／香港九龍旺角塘尾道六十四號龍駒企業大廈十樓B&D室
電話：（八五二）二七八三—八一〇二
傳真：（八五二）二七八二—一五二九
馬新總經銷／城邦（馬新）出版集團　Cite(M)Sdn.Bhd.
E-mail：Cite@cite.com.my
法律顧問／王子文律師　元禾法律事務所
北市羅斯福路三段三十七號十五樓
二〇一四年四月一版一刷
二〇二四年一月一版六刷

■中文版■

郵購注意事項：
1.填妥劃撥單資料：帳號：50003021戶名：英屬蓋曼群島商家庭傳媒(股)公司城邦分公司。2.通信欄內註明訂購書名與冊數。3.劃撥金額低於500元，請加附掛號郵資50元。如劃撥日起 10～14日，仍未收到書時，請洽劃撥組。劃撥專線TEL：(03)312-4212 · FAX：(03)322-4621。E-mail：marketing@spp.com.tw

國家圖書館出版品預行編目資料

Fate/Zero 5 / 虛淵玄 著； hundreder譯. --1版.
--臺北市：尖端出版，2013.11
面；公分. --(浮文字)
譯自:Fate/Zero 5
ISBN 978-957-10-5521-3(第5冊：平裝)

861.57　　102014212